AU BOUT DE MES RÊVES

BERNARD LAPORTE

AU BOUT DE MES RÊVES

ROBERT LAFFONT

ISBN 2-221-10002-6

L'imaginaire est ce qui tend à être réel.

ANDRÉ BRETON

Prologue

Vraiment, je n'étais pas très chaud à l'idée de livrer, *ex abrupto*, à tout un chacun quelques arcanes de ma vie. Mais le désir de partager avec d'autres, connus ou inconnus, des moments forts de ma destinée l'a finalement emporté sur mes premières résistances. J'ai souhaité ouvrir à tous ceux qui en ont rêvé et qui n'en ont jamais eu l'accès les portes des vestiaires à forte odeur de sueur et d'embrocation..., éclairer d'une lueur différente la « cage aux fauves », lieu privilégié de l'échange, de l'engueulade, du discours, des peines et des joies, mais aussi de la souffrance et de la douleur. Tant d'instants magiques ou tragiques, de grandes amitiés également et d'inénarrables facéties, tradition oblige, enroulés au fil d'enchaînements d'actions, souvent imprévisibles, qui ont jalonné mon parcours et marqué ma mémoire.

Parti de ma terre natale, en cœur d'Occitanie, avec pour seul balluchon les rêves les plus fous, j'ai fouillé des routes, creusé des chemins, avec pour tout viatique une flamme, une ferveur que jamais rien ni personne n'éteindront.

C'est ainsi. Ça me bouffe. Des balbutiements de l'adolescence où, curieux de tout, j'écoutais le bon et le mauvais, le vrai et le faux – peu importe –, j'ai gardé fraîcheur et curiosité. J'ai continué, peu à peu, ouvrant ma voie vers des sommets inespérés, qui me brûlaient déjà.

À Bègles, l'aventure humaine, avec un grand H : la puissance des liens tissés a transcendé mes approches, décuplé mes convictions, magnifié une atmosphère au cœur d'un environnement et d'une époque, dans l'affection et la joyeuse insouciance d'une bande de jeunes fous.

À Paris, j'apprends que je ne suis rien, ou si peu, avant de m'épanouir et de me réaliser. J'y côtoie le monde entier, une autre planète à mon horizon. Là, je prends la mesure de l'art de communiquer, de l'importance économique de l'événementiel, de la gloire et, aussi, de l'humilité et de l'éphémère. Puis, me voilà entraîneur du XV de France, confronté à tout un peuple, le mien. Je change de dimension. J'en perçois l'honneur immense et redoutable.

Je choisis des hommes pour porter, ailleurs, parfois là-bas dans un autre hémisphère, loin de la terre natale, l'emblème de la nation. J'entends les chuchotements de l'approbation et les sifflets du désaccord : c'est la vie.

Mais mes choix, qu'ils soient individuels ou collectivement assumés, sont mûrement réfléchis, dans la pure et unique tradition de la probité sportive la plus absolue. Je peux me tromper – je me suis sûrement trompé –, mais je porte en moi, avec la plus extrême sincérité, la certitude de l'honneur. Je suis le général qui monte à l'assaut, loin de ses arrières, avec une troupe d'élite. Voilà ma vérité.

Ce que je garde dans ma mémoire et qui emplira mon cœur, à jamais, c'est qu'il m'a été donné de vivre, en quelques années à peine, des événements énormes qui se sont succédé à une vitesse vertigineuse. J'ai traversé des orages, senti la peur, écouté mes souffrances, vaincu la douleur, souvent, qui ne m'a pas fait grâce ; mais été aussi emporté par les vagues de la joie, des joies partagées, des moments de vie en communauté d'exception, dans la force et le vertige du regard et des larmes des autres, j'ai pris la mesure de tous mes pressentiments. Seuls le dialogue, le partage de l'action en commun, la réussite ensemble vous grandissent, vivifient vos engagements et vous baignent de la douceur et de la plénitude de la réussite. La solitude est votre ennemi. Notre rugby, où l'on ne triche pas longtemps, décuple vos forces, vous trace la ligne à suivre, il n'y en a qu'une. À quelques heures de vivre le bonheur absolu, j'ai marqué une pause.

Quelques fidèles ont perçu mon trouble. Ils m'ont aidé à l'extérioriser, le dépasser afin que je puisse me raconter. J'ai donc cédé aux sollicitations, avec l'accord de mes proches et le précieux concours de Philippe Oustric, grand reporter à *Midi Olympique, l'hebdomadaire du rugby*. J'ai pensé qu'à travers mon expérience personnelle j'avais quelques petites choses à dire, sans prétention, mais animé de toute la force de mes convictions. L'avenir se nourrit du passé. Je n'ai rien oublié, je sais d'où je viens et qui je suis. À ceux qui me feront l'honneur de lire ces pages, j'offre quelques suggestions de vie : entretenir ses passions, en brûler les flammes, aller au bout de ses croyances.

Le rêve aussi fait partie de la réalité...

Les années Gaillac

Le beau temps des vacances prend fin : enfant, c'est celui des jeux, de la découverte, de l'émerveillement ; adolescent, du farniente des journées sans fin, des soirées de palabres... le temps des copains... Demain, la cloche sonne. À chacun sa rentrée ; moi, j'ai mis mon sac à dos et j'ai sonné la fin de la récré, fin juillet, depuis plus d'un mois, déjà. L'appel fait, il ne me manque personne, même si quelques-uns sont convalescents, un certif médical dans la poche. Bonjour, monsieur l'instituteur, vous avez passé un bel été ? Oui, merci, et maintenant au boulot : dans quelques jours, premières interrogations sur le pré, premiers partiels, en vue de l'examen final : la Coupe du monde de rugby !

Deux gros mois de chaleur, que dis-je, de canicule, viennent de nous accabler et la reprise est dure, mais ça ira... Aujourd'hui, en ce dimanche après-midi de septembre, je m'accorde un intermède. Je suis redescendu dans le Sud, dans mon Tarn natal, à Gaillac : c'est une charmante petite ville de douze mille âmes, entre Toulouse et Albi, l'une des trois pointes du triangle d'or avec « Albi-la-Rouge » et « Cordes-sur-ciel ». Un petit paradis en pays de cocagne, à l'architecture fameuse et aux vignobles réputés jusque dans les palais parisiens, toute rouge de briques du pays toulousain et toute blanche de pierres du pays cordais.

Tout au long de la journée, une immense fête est organisée au stade municipal : flonflons, drapeaux et buvette... Et moi, planté là, au milieu du pré... Je ferme les yeux, dix, vingt secondes. Il fait une chaleur accablante et M. le maire n'en finit pas avec son discours-fleuve tout à mon éloge. C'est trop, beaucoup trop, mais je reconnais là l'affectueuse gentillesse des gens d'ici. C'est qu'aujourd'hui la population s'est rassemblée pour rebaptiser le stade de rugby à mon nom ! Pas moins. Ma mère sanglote dans un petit mouchoir brodé de soie, mon père tousse, mes frères et ma sœur supersapés, mi-sérieux, mi-goguenards se tiennent près de moi. J'ai le sourire un peu crispé, une émotion terrible m'étreint, l'impression de faire l'objet d'un hommage immense, démesuré, qui me dépasse. À la fois aussi, une bouffée de fierté partagée avec tous les miens.

Vingt ans pile après notre double titre de champions de France juniors Crabos, en costard, eux aussi, ils sont tous là, ou presque, et je sais que tout à l'heure, pour la dernière fois, on se refait un petit match. Je serre les dents et la main de Baptiste, mon fils, à ma gauche, et de Marine, ma fille, à ma droite, qui lèvent les yeux vers moi... Nadine, ma femme, à mes côtés, comme toujours. Mille enfants courent et rient en poussant un ballon. Je suis forcément parmi eux, avec eux. Le temps a passé trop vite.

La fanfare locale envahit le terrain : le porte-drapeau, un pote de la grande époque ; plus loin, le troisième à gauche enturbanné d'un hélicon, portant désormais moustache et lunettes, je le connais aussi, mais qui est-ce donc ? La foule fait silence, le garde-champêtre tire sur un cordon et dévoile l'inscription, tout là-haut, à l'entrée du fronton sur lequel on lit « Stade Bernard-Laporte ». C'est fou, là, sur le coup, j'encaisse dur. En ces lieux furent mon enfance et toute mon adolescence. Ici, je suis passé devant à vélo quatre fois par jour ; j'ai longtemps traîné mes culottes courtes... M. le maire reprend ses feuillets : il dit sa reconnaissance, évoque ma famille, le club, nos couleurs. Cependant il ignore, en ce jour « béni », où je n'entends qu'amabilités, combien déjà, de fort bonne heure, je pouvais être « tignous » : en occitan, têtu, accrocheur, obstiné. À partir d'ici et maintenant, je peux dérouler le fil de ma vie. De ma prime enfance, en vérité, j'ai peu de réminiscences : de la petit bourgade de Tessonnières, proche de quatre kilomètres de Gaillac où nous vécûmes deux ans, j'ai le souvenir intact de la place du village où se tenait un bruyant marché aux cochons et de la gare de triage encombrée de marchandises et de bestiaux destinés à Paris. Nous partageons avec trois autres familles une maison blanche aux volets gris dont nous occupons le rez-de-chaussée. Plus tard, nous emménageons à Gaillac, route de Cordes, dans une petite demeure simple qui gardera, au fil du temps, toute sa rusticité et son authenticité. À l'intérieur, dans la cuisine, une longue table en bois typique des maisons de campagne ; au salon, trône une grosse horloge ancienne, tac, tac, qui dit oui et qui dit non, et rythme toute notre vie familiale. Un canapé fleuri deux places et trois vieux fauteuils en tissu complètent le décor : enfin, sur une table basse, quelques bibelots des années 1940, des photos de famille : mes grands-parents en paysans, devant leur ferme ; mon père, au service militaire ; les quatre garçons en habits du dimanche et ma sœur Florence en reine des Vins de Gaillac.

Mon univers est simple et mon milieu modeste : j'appartiens à une famille de province à petits moyens, où chaque sou compte : j'aurais pu être le petit voisin de n'importe qui, comme tant d'autres jeunes enfants de milieux non favorisés, sans ambition particulière. Ma destinée à moi, ce n'était pas d'être autre chose, sûrement, qu'employé à l'EDF, ce dont mon père rêvait.

Justement mon père, Gaston, qui exerce à l'EDF où il est agent monteur, travaille durement et dangereusement, cramponné aux patères de bois, au long des routes et des chemins, par n'importe quel temps. Natif de Tanus, un village du haut Tarn, c'est un homme austère et rigoureux, retranché derrière ses certitudes. Il est sévère et ne nous passe rien, parfois à juste titre. Il n'a jamais pratiqué de sport, qu'il assimile à une perte de temps, ni même approché ce milieu qu'il juge peu recommandable. Odette, ma mère, fille d'agriculteurs originaires de Sainte-Geneviève-en-Aveyron près de Laguiole, n'a guère le loisir de se pencher sur mes états d'âme. Dès cinq heures, elle entreprend sa tournée quotidienne pour livrer *La Dépêche du Midi* aux vieux abonnés gaillacois qui l'attendent de pied ferme. Puis elle enchaîne, jusqu'à la tombée de la nuit, par des travaux domestiques chez des particuliers. C'est une lève-tôt, et c'est donc tout naturellement qu'elle m'a donné le jour, à cinq heures, un beau matin de juillet 1964, à Rodez. Et ce dans des circonstances rocambolesques, moi qui étais initialement programmé pour le feu d'artifice du 14 juillet, à Albi.

Pour la première fois de ma vie et sûrement la dernière, grâce à elle, je suis matinal et en avance. C'est une grande femme, un peu sèche, tenace, qui s'est dépensée sans compter pour subvenir aux besoins d'une famille nombreuse. Elle a élevé quatre enfants : outre ma sœur aînée Florence, née à Laguiole, deux frères me suivent, à un an d'intervalle : Christian et Philippe. Ma sœur Florence, c'est une fonceuse, dotée d'un caractère bien trempé qui nous rapproche. Ça lui plaît bien de m'aider à ficeler mes frères dans la cave, chacun à son tour, pour qu'ils nous foutent la paix et nous laissent taper le ballon, peinards.

Le ballon, c'est notre lien, notre seul « jouet », qui nous permet de respirer, de courir, de nous affronter, c'est déjà, inconsciemment, surtout dans une famille où l'on communique peu, où l'on n'a pas beaucoup d'événements à partager, pas grand-chose à se dire, où l'on passe peu de temps ensemble, le vecteur essentiel de la rencontre, de la communion. Plus tard je percevrai l'impact psychologique de cet élément fédérateur, autour duquel l'on se serre et l'on se resserre. Et le seul vrai jouet d'enfant que j'aie jamais eu, un train électrique, que j'ai toujours été incapable de faire démarrer, ne m'a jamais autant fasciné... Ce qui n'empêche pas Gérard, mon demi-frère par mon père, de dix ans mon aîné, de me chambrer gentiment : « Bernard, arrête, tu es taillé dans un cure-dent, tu n'arriveras jamais à rien avec un ballon ! » Ce qui a, déjà, le don de m'enrager. Notre différence d'âge ainsi que ses études d'ingénieur l'accaparent et l'excluent de la plupart de nos activités, donc forcément d'une complicité plus intime. Mes deux autres frères, eux, sont toujours dans mes pattes.

Christian, c'est mon clone, en plus costaud et en plus réservé. À mesure que nous vieillissons, nous nous ressemblons à tel point qu'il signe davantage d'autographes que moi. Il est mon compagnon de route en maison d'Ovalie, mon partenaire, mon complice. Le benjamin, Philippe est plus introverti, un brin soupe au lait mais d'une grande générosité. C'est quelqu'un de très attachant, dont je me sens très proche. Nous dormons tous les trois ensemble dans la même pièce au rez-de-chaussée. Plus tard, j'occupe une chambre seul, à l'étage. Sobre, elle compte un petit bureau d'école en bois, crayonné, « canifé », une petite loupiote, l'ensemble égayé d'une tapisserie rose à fleurs recouvrant des posters de joueurs de foot collectionnés par mon frère aîné ainsi qu'une penderie pour mes survêtements. J'en ai trois, pour un seul pantalon marron, et je leur témoigne un attachement viscéral. Je vis, mange et dors dedans ! Ma compulsion pour les survêtements s'explique par cette passion dévorante que j'éprouve pour le sport. Déjà, à la petite école de La Clavelle, je suis fasciné par les baskets noires à liseré orange de mon professeur d'éducation physique. J'en rêve pendant près de deux ans. Vivant une enfance modeste, je n'obtiens pas dans l'instant tout ce que je désire. Et le jour où ma mère me les offre, je m'endors avec. Je perçois cet achat davantage comme une récompense et y attache le plus grand soin. Le lendemain matin, pour la première fois, je me pointe en avance à l'école et entreprends un tour des classes afin qu'on admire mes deux « trésors », le pas haut et léger... Cela peut prêter à rire car, pour être tout à fait franc, ces baskets sont franchement horribles.

Dès que la cloche retentit, signalant la récréation ou la fin des cours, je suis toujours le premier à sortir dans la cour ; mon espace de liberté, pour taper le ballon. Je m'exerce d'abord au foot. Je suis numéro dix, buteur et capitaine. En vacances, j'adore jouer à la pétanque. Chez mes grands-parents, à l'Isle-sur-Tarn, située à une dizaine de kilomètres de Gaillac, je passe mon temps à jouer avec les plus vieux sur la place du village. Je suis leur chouchou, le plus adroit. Être joueur professionnel de boules m'aurait plu ; j'aurais tout de suite signé pour devenir un caïd de la marseillaise. Je bade alors un « Tonton flingueur » qui aligne les carreaux avec des boules qui portent son nom : la classe ! Il faudra trente ans pour que le club de Marseille XV me fasse l'immense plaisir de m'offrir des boules gravées au mien.

Mon grand-père maternel, Louis, est tenu informé de mes exploits journaliers au boulodrome. Physiquement, je lui ressemble. Avec lui, le courant est toujours passé. C'est un papy jovial, un brin déconneur, plein d'humour et de tendresse. Sa passion, c'est le jardinage : il cultive encore un dernier carré de terre à cinq cents mètres de sa maison.

Il faut avouer qu'il ne se passionne guère pour le sport et pas davantage pour le jeu de boules, mais au moins il feint de s'y intéresser, me pressant de questions. J'adore ça, de même que sa façon très personnelle de réinventer certaines histoires. À longueur de journée, il prend grand soin de ses tomates et haricots géants importés du Canada ou des États-Unis, que je ne goûterai jamais. Marie, ma grand-mère, petite femme dynamique, chignon tiré, énergique, coupe, tranche et brise. Elle impose salsifis et cuisses de grenouilles, sans discussion. Un vrai calvaire. Tous les matins, je me précipite dans la cuisine pour découvrir le menu affiché, qui sera respecté à la lettre, sans contestation...

Si leur monde agricole m'attire modérément, en revanche je suis toujours prêt à grimper sur un tracteur pour faire de grandes balades à travers champs. Parmi les rituels qui rythment la vie d'une ferme, il en est un qui m'a marqué profondément : le sacrifice du cochon qui se déroule chaque année durant l'été au lieu dit Benaven, près de Sainte-Geneviève-sur-Argence, où mon grand-père conserve une maison de campagne. Plus que tout autre, je redoute ce jour-là et n'en dors pas de la nuit. C'est un véritable cérémonial : famille et voisins se réunissent dans la cour. La chasse commence alors, jusqu'à ce que l'animal soit capturé et entravé. Sentant sa fin imminente, il se débat, grogne et couine, aggravant un peu plus son supplice.

Je reste seul dans la cuisine pour ne pas assister à l'affreux spectacle et cogne violemment l'une contre l'autre mes boules de pétanque afin de ne plus entendre ces cris qui me glacent les sangs. J'en garderai des frissons toute ma vie et plus tard, à Paris, lors de mon intronisation dans le monde de la brasserie, royaume des Aveyronnais, à ceux qui me rappellent avec fierté nos origines communes, je demande pardon. Ce pays de Sainte-Geneviève-d'Argence restera, pour moi, un lieu où l'on tue sauvagement le cochon.

Cet épisode avait tellement marqué ma jeune enfance que je ne voulais même plus me servir du cochonnet pour jouer aux boules, croyant alors, confusion enfantine naturelle, qu'il y avait une relation de cause à effet ; que celui-ci était une partie de celui-là, que sais-je encore ? Toutes ces anecdotes témoignent d'une sensibilité dont je ne crois pas jamais me départir.

Pour l'heure, ma vie, la vraie, tourne inlassablement autour de tout ce qui est rond et qui roule, au détriment des rosiers de ma mère, qui ne verront jamais le jour. J'y veille consciencieusement deux heures durant tous les soirs. Je fais preuve en revanche de nettement moins d'application pour mes devoirs. Curieusement, je suis plutôt un élève doué, bien noté, mais qui traîne toujours derrière lui ce même commentaire laconique : « Peut mieux faire. » Je m'arrange toujours pour ne pas avoir à travailler le soir, sinon sous la contrainte et le plus tard possible. Finalement, cahin-caha, je me tire plutôt bien d'affaire puisque je réussirai l'exploit d'obtenir un bac technique sans avoir jamais eu aucun goût ni intérêt véritable pour cette orientation.

Pendant toute mon adolescence, à chaque fois que retentit la sonnerie annonçant la reprise des cours, je me sens déchiré. Tous les jours, à la même heure, prisonnier, je rentre en cellule. Je suis totalement atone à l'idée de suivre, deux heures durant, un cours de musique. J'ai la même ardeur à exécuter les corvées imposées par mon père : tonte du jardin ou bricolage. Dans le même esprit, lors de nos tours de France des camps de vacances EDF, je préfère rester près de notre campement pendant que mes parents, accompagnés du reste de la famille, partent à la découverte des sites environnants. Je n'ai alors qu'une seule idée en tête : détourner de leur sieste quelques « vieux » pour les pousser à disputer une partie de boules, organiser un tournoi de foot avec les jeunes de mon âge ou faire participer tous ceux qui le veulent bien à une partie de volley. Timide de nature, j'affiche, quand il s'agit de sport, un côté GO, Club Med, toujours prêt...

Dans ces conditions, une petite fracture familiale est inévitable. Mes parents, très pris, n'ont ni le temps ni vraiment les capacités de s'occuper de ma scolarité. J'ai même l'impression qu'à un moment donné, ils ne savent pas où je vais, ni ce que je fais. Bien que nos rapports soient simples et directs, nous parlons très peu. Je suis tout simplement dans mon monde. Ma seule crainte est d'être puni de ballon et non de télévision ou de cinéma, pour lesquels je n'éprouve aucun penchant particulier.

Touché en plein cœur à neuf ans

J'ai neuf ans, je suis en CM1. Un soir, alors que je rentre à la maison à vélo, je croise Didier, mon voisin, de deux ans mon aîné. Ce dernier me demande de l'accompagner à l'entraînement de rugby. Curieux, je décide de le suivre sans trop savoir ce qui m'attend. Et là, coup de foudre, j'éprouve un véritable choc : je me rends compte tout de suite que c'est ça que je veux. Que tu sois gros, hâbleur, rouleur de mécaniques ou maigre, réservé, timide et complexé – ce que je suis –, voilà un sport où chacun, avec ses qualités propres, peut exister. Le soir même, je veux prendre ma licence mais il est trop tard et je n'en dors pas. J'entre en religion, je comprends déjà que c'est un jeu où tu as besoin des autres pour t'épanouir. Contrairement au football, dans lequel je suis plutôt à mon aise, mais qui est un sport plus individualiste. Le rugby me permet de trouver ma place. Petit, maigrichon, taillé comme une arbalète, avec des cuisses de grenouille, je me fous de savoir si cela va être dur, si je vais prendre des coups, avoir mal.

Le mercredi suivant, j'entraîne mon frère Philippe, mais il s'en retourne rapidement à la maison, mesurant le risque encouru, clamant haut et fort combien il tient à la vie.

Je saisis que si je ne veux pas finir écrasé sous les gros, il me faut éviter certains pièges, m'imposer et communiquer. Alors, j'écoute, j'observe et, malgré mon jeune âge, je tente d'organiser. C'est ainsi que je récupère les plus lourds dans mon camp et que j'essaie de mettre en place certaines tactiques, que je note sur un grand cahier à l'aide de crayons de couleurs, le samedi, lors des retransmissions de matches à la télévision.

Le soir, dans la rue, je répète. Ce sont en quelque sorte mes devoirs. J'imite les meilleurs buteurs : le Biterrois Cabrol, le Palois Ollé, le Briviste Puidebois. Les premiers temps, cela me transcende. Mais très vite je me rends compte que le rugby nécessite certaines aptitudes physiques que je ne possède pas. Ainsi, je rends jusqu'à quinze kilos à plus d'un ! Je souffre, je pleure mais je m'arrange toujours pour m'en cacher. Je comprends pleinement la formule : « L'école du rugby, c'est l'école de la vie. » D'évidence, cette discipline forge le caractère.

Je suis particulièrement gâté lors du premier grand match auquel j'assiste : Gaillac-Lavelanet. Notre grande star locale, Sam Revailler, brillant international doté d'une force herculéenne, vient d'être lâchement agressé, « chaussé » d'un vilain coup de pied par un avant ariégeois à la solide réputation. Il s'affaisse à quelques mètres de moi, en bord de touche, là où je me suis faufilé pour être au plus près. Je suis servi. Il est K.-O. ou presque, saignant à la fois du nez et des oreilles. Je n'attends même pas la fin du match, je rentre immédiatement à la maison, terrifié. Bien sûr, je n'en dis pas un mot à mon père de peur qu'il ne m'interdise à jamais le rugby ! Pour la première fois de ma vie, je m'enferme à double tour dans ma chambre. Je ne dors pratiquement pas. Je le vis tellement mal, le ressens tellement fort que le lendemain matin, alors que je me rends à l'école à vélo avec ma sœur et mes frères, encore choqué, j'oublie tout simplement de tourner au bout de notre ligne droite pour finir ma course folle dans le fossé. Florence, complètement paniquée, alors en larmes au milieu de la route, tente d'intercepter un automobiliste pour me secourir, car je ne peux m'extraire du profond fossé où je suis tombé.

Je suis patraque quelques jours, mais très vite je reprends le dessus et loin de moi l'idée d'abandonner ; je me lance : premier déplacement et première défaite à Carmaux. Je suis inconsolable. Sur le trajet du retour, je pleure sans discontinuer de Carmaux à Gaillac. Plus nous avançons, plus le responsable de l'école de rugby, Claude Régis, est désemparé à l'idée de me ramener chez moi dans cet état. Il me parle, me rassure, me promet que tout va bien, que tout ira mieux. Rien n'y fait. Je le soupçonnerai même, par la suite, d'avoir toujours un prétexte pour éviter de me ramener chez moi les soirs de défaite...

Je ne me lève plus que pour ça. Je suis très impressionné par le grand Béziers se déplaçant un jour à Gaillac, qui évolue alors en première division. J'ai dix ans, je suis encore frêle, et malgré le premier épisode de la blessure subie par Revailler, je n'hésite pas à repasser sous la balustrade, quasiment au bord du terrain, afin de suivre la partie. Béziers l'emporte par 16 points à 9. Ce jour-là, il fait particulièrement beau et l'ombre de Paco sur le terrain finit par me... manger ! J'ai l'impression de côtoyer des dinosaures, je me contente seulement de les contempler et, même à la fin du match, j'ai peur de les approcher.

Plus tard, je me rappelle d'une journée particulière avec la venue de Narbonne, tenu en échec 6 partout. Je poursuis Jo Maso, « gueule d'amour », stylo en main, tout aussi ému que les fans, surtout les filles, qui l'assaillent régulièrement. Il ne me voit pas. Je n'ose le déranger. C'est marrant. Comment pouvais-je imaginer un seul instant que, vingt-cinq ans plus tard, jour pour jour, je l'embrasserais, je serais à ses côtés au Stade de France, pour un super grand chelem ?

Pour l'heure, j'ai douze ans à peine et c'est moi qui choisis. Je tiens tête à mes parents et décide, contre leur volonté, de « sécher » les fiançailles de mon demi-frère Gérard. C'est que le même jour, dans l'après-midi, pour la première fois de ma vie, je joue capitaine à l'ouverture du grand lever de rideau du derby Gaillac-Mazamet, dans un stade bondé. J'affiche désormais la passion qui me dévore. Rien ni personne ne m'aurait fait changer d'avis. Cette décision, une « trahison », est une façon de m'imposer. J'ai conscience de déchirer l'unité familiale mais le choix – aussi cornélien soit-il – entre les agapes d'une fête de famille et mon premier match de rugby est clair, je ne cède pas ! Quelques années plus tard, je récidive. Pour les vingt-cinq ans de mariage de mes parents, je file à l'anglaise à l'heure du dessert pour participer à la finale des Pavois du Tarn. Tous les potes m'attendent en rang d'oignons, crampons aux pieds, à l'entrée du restaurant où nous fêtons cet événement. Faut-il que le mal soit profond ! L'affirmation de ma passion constitue un acte fort dans une famille pour laquelle seul le labeur compte.

À seize ans, dès que j'ai la possibilité d'utiliser mon cyclomoteur, un 104 Peugeot, je fonce au bistrot, siège du club. Pas pour y boire mais pour écouter les vieux et faire parler les joueurs de Gaillac, qui sont mes idoles. Je suis à fond dedans, je vis déjà par procuration. Je trouve là-bas tout ce que je n'ai pas à la maison. Un grand frère, un père qui s'intéresse à ma passion. Je ne peux affirmer que j'en souffre. Ici, au café des Sports, ma chapelle, plusieurs familles de jeu cohabitent sous la bienveillance du patron de l'établissement, l'athlétique Claude Régis, également membre de la confrérie du survêtement, qui nous rebat sans cesse les oreilles des exploits de son troisième ligne tyrossais, Jo Ruppert. Quand nous lui rétorquons : « Ruppert, qu'es aco ? Connais pas ! », il bondit pour nous donner, à nous les jeunes, une chiquenaude sur le crâne. Le bruit de cette punition, dite amicale, me rappelle étrangement celui de la règle sur mes doigts, supplice imposé par mon professeur de français.

Dans cette salle de café qui ressemble à des milliers d'autres en France, avec son comptoir en bois, ses banquettes alignées et ses portemanteaux surchargés, les tables de joueurs de cartes élisent domicile au fond. C'est l'endroit où sévit le « gang » des Polignac, du nom de la spécialité gaillacoise. C'est chacun pour soi mais à quatre.

L'ordre des cartes est respecté (roi, dame, valet, as, dix, neuf, huit, sept) avec trois principes de base : il faut absolument éviter les valets, surtout le pique nommé le « Négus », qui coûte deux points de plus que les autres.

De la même façon, il ne faut pas remporter la première main sanctionnée d'un point de pénalité, ni la dernière, cette dernière coûtant deux points. Le premier qui atteint quarante points est justement mis en quarantaine.

Les empoignades sont rudes, surtout à la table des caïds. Y siègent Jean-Jacques, un coureur de moto cross de niveau international qui bosse davantage l'endurance de son coup de poignet que son physique ; Philippe, surnommé « le poisson » parce qu'il joue la bouche ouverte ; Michel dit « la classe », toujours tiré à quatre épingles, qui bade Jo Maso et Didier Codorniou ; enfin, Louis, dit Luigi, d'origine italienne, qui ne peut s'empêcher à chaque main d'implorer les saintes napolitaines de lui procurer les bonnes cartes et de vous expliquer en retour le pourquoi du comment. Parfois, cela dure dix minutes pour une seule main et nous nous régalons. Quand Louis n'est pas d'humeur, c'est Jules, petit, discret, malin, très malin même, qui presse les cartes entres ses doigts comme une bonne sœur le ferait de son chapelet. Il ne risque pas de les laisser échapper, trois minutes lui sont nécessaires pour les découvrir. À la fois prenant et exténuant.

La plupart du temps, tout se règle dehors, sur la place de la Libération. Louis, qui ne jure qu'en italien, n'est pas seulement un maître à jouer aux cartes, il est aussi diplômé de boules. Parfois, je suis invité à participer à une partie, ma toute petite réputation gagnée à la force du poignet durant l'été à Lisle-sur-Tarn ayant atteint la grande place de Gaillac. Le plaisir n'est pas toujours au rendez-vous car à la première boule perdue, Louis vous « excommunie », vous et votre famille, pour deux générations. Alors, imaginez donc, à la deuxième...

Les cartes et les boules ne sont pas les seules attractions de ce lieu qui recèle bien des ressources. Ainsi, les joueurs de dés s'activent au comptoir. C'est le banquier du village, Yves, qui règne en maître sur la piste du quatre-cent-vingt-et-un. Son originalité fait merveille, notamment quand il déboule en été, encostumé et les pieds nus sur le froid carrelage du café. Les beaux jours aidant, ses chaussures n'ont plus de raison d'être. Il déambule dans cette tenue, y compris en ville.

Les vieux « sécateurs » – qui taillent gratuitement des costards à tout ce qui bouge – se tiennent toujours à l'ombre, au fond, près de la télévision. C'est là que le tribunal siège et rend sa sentence. Chaque fois que la composition du XV de France tombe sur la fréquence de Sud Radio, s'ensuivent des joutes mémorables : la première tête qui dépasse est systématiquement coupée. Je prends la défense de Jacques Fouroux, l'entraîneur charismatique auquel je voue une certaine admiration, mais aux yeux des dits « sécateurs » ceux qui jouent ont toujours tort. Ce sont des éternels supporters de remplaçants qui n'entrent jamais sur le terrain et, par conséquent, qui ne prennent aucun risque.

Si Fouroux, le Tournoi et les compositions d'équipes occupent une large partie de notre hiver, voire du début du printemps, le Tour de France nous mobilise durant tout le mois de juillet. Nous versons quelques sous dans un pot commun pour nous attribuer une équipe. Chaque jour, au moment du final, le café est en ébullition, car le vainqueur de l'étape permet à l'un d'entre nous de récolter un gain appréciable qui servira d'appoint, fin juillet, pour le traditionnel apéritif de fin d'épreuve.

Un jour, tandis que je communie avec un enthousiasme, une foi et une soif inextinguibles, je me suis pris d'amitié pour le demi de mêlée, Pierre Puech, que je presse de questions. Le problème, c'est qu'il a tendance à carburer au Martini rouge et qu'en fin d'après-midi, après trois heures passées à l'écouter, j'ai dû en ingurgiter plusieurs pour le suivre. Au moment de repartir, il n'y a pas que le moteur de mon 104 Peugeot qui chauffe. Il n'y a qu'une longue ligne droite pour rentrer chez moi, mais je n'en vois jamais le bout. Je crois bien qu'elle traverse le monde entier. J'ai comme un gyrophare sur le casque et, à l'arrivée, je ne vois plus rien, je m'affaisse devant le portail. Je me prends pour un ange, en fait, je suis aux anges car j'ai récupéré toutes mes informations.

J'en garde un souvenir très fort, comme ces déplacements vécus au milieu des grands, dans le car. Je respirais le moindre souffle. Je ne disais pas un mot du trajet. Pierre Puech, aujourd'hui dans une île du bout du monde, m'a envoyé une lettre très personnelle et touchante après le sacre du Tournoi 2002. Elle a ravivé en moi des souvenirs de rencontres, des convictions, celle qu'il y a toujours un champion qui sommeille chez un plus petit que vous, mais aussi la peur de ne pas avoir été à l'écoute ou de ne pas avoir su répondre aux attentes d'un enfant. C'est tellement important ! S'il y a bien une chose que j'ai apprise, c'est qu'il n'y a pas de petites gens.

Au bistrot, je ne me laisse pas aller à ces quelques libations pour faire l'homme. Simplement, je veux suivre le mouvement, entrer dans le cercle, être au plus près des confidences afin que le moment venu cela paie, que je sache quoi faire et comment. La compagnie de personnes plus matures, que j'ai si souvent recherchée, m'apporte ce surplus de confiance, cette sérénité qui font que l'on avance mieux et plus loin dans la vie.

Le fil rouge de ma vie

Mon physique ne s'est pas amélioré. Je suis toujours aussi peu costaud. Henri Dourtres, notre mentor catalan (qui fait équipe avec Robert Andrieu), résout à sa façon ce problème. Il me lance un sac de cinquante kilos qui me retourne comme une crêpe, avant de me glisser de son ton rocailleux : « Toi, tu n'es pas là pour plaquer mais pour commander, diriger, organiser. » Du coup, je me mets à lancer le sac, au grand dam de Vincent Moscato, que je soigne tout particulièrement.

Originaire de Saint-Gérard, il a débuté le rugby à Lisle-sur-Tarn où je rendais visite à mes grands-parents. Je le remarque tout de suite. Malgré ses airs de gros dur, il a une bonne bouille et surtout un grand cœur. C'est un enthousiaste, un passionné. Nous devenons inséparables. Je le considère comme mon petit frère. Il vient très souvent à la maison. Ma mère lave fréquemment son linge et nous dormons dans le même lit. Nous faisons les quatre cents coups.

Je partage avec lui ma passion pour la chanson française. Nous écoutons Johnny Hallyday, Michel Sardou, Serge Lama, peut-être parce que leurs paroles et leurs mélodies nous touchent.

Dans ma chambre, un seul poster, pas de footballeur ou de rugbyman – mes sports préférés –, seulement celui de François Cevert, formidable champion de Formule 1. Cette discipline ne me passionne pas, mais Cevert est brillant et meurt, en pleine gloire, lors du Grand Prix du Canada, en 1973. Sa disparition m'affecte. Un champion ne meurt pas. De toute ma vie, je n'aurai pas d'autres posters dans ma chambre. C'est le plus bel hommage que je puisse lui rendre.

Côté ovale, mes idoles sont celles du grand Béziers. Durant l'été, je relève tous les compteurs EDF de Gaillac et j'enchaîne sur les vendanges afin d'économiser quelques sous pour me payer ma première voiture, celle de mes rêves. C'est une vieille Alfa Romeo Julietta, verte comme mon premier vélo. Depuis des mois, je la lorgne chez un garagiste du coin. Le bruit de son moteur m'impressionne, celui d'une belle italienne. Elle est dotée d'un avertisseur sonore à trois francs six sous. Pour notre baptême de la route, Vincent et moi allons voir le grand Béziers à Albi. Nous sommes tellement fiers que nous appuyons dessus toutes les trois minutes.

À la fin du match, je ne sais comment, nous nous faufilons dans le vestiaire biterrois. Au centre de la pièce, Michel Palmié se rhabille. Entre les techniciens de la télévision, les journalistes, les proches et les petits malins qui se sont invités, il y a là une foule record. C'est alors que Palmié lance : « Si tous les cons qui sont ici nous donnent cent francs, nous allons faire un drôle d'apéro, ce soir ! » Je ne suis pas près d'oublier cette phrase qui me fait sourire.

Mais ce qui me marque davantage dans ce vestiaire où, pour la première fois, j'approche ceux-là mêmes que j'admire, c'est que ces hommes sont hors normes. Je me dis, essentiellement des avants : « Ce n'est pas possible, il n'a pas cette gueule, cette force physique. » Et il m'arrive de penser qu'on tourne un film tant ils semblent appartenir à un autre monde. Béziers, village gaulois, avec « Obélix Palmié » et Armand Vaquerin, véritables forces de la nature.

Sur le chemin du retour, je suis obnubilé par cette constatation. Ce jour-là, je crois, je réalise que la meilleure tactique du monde, les meilleurs schémas ne sont rien s'ils ne sont pas servis par de grands hommes. J'essaie de faire le lien avec Gaillac et notre histoire. Je recherche des joueurs de mon âge, susceptibles d'apporter autre chose que leur simple talent de joueur, un plus. On fait un tour de ville, on joue les maquignons, on tâte des mecs, on lance l'info place du Marché, on alerte tous les copains... C'est le début d'une grande aventure humaine, notre objectif étant d'aller le plus loin possible. C'est chose faite : nous sommes en finale du championnat de France catégorie juniors Crabos devant le SportÉtudes d'Ussel. Des centaines de personnes nous suivent ; même M. le maire nous salue bien bas. Nous devenons les petits caïds du quartier. Vitrines et voitures arborent nos couleurs : le rouge et le noir.

Pour le moment, notre seule préoccupation consiste à obtenir des renseignements sur nos prochains adversaires, et ce de quelque façon que ce soit. Ainsi, quand une personne digne de foi récupère une information « capitale », elle sait l'urgence qu'il y a à se présenter au café des Sports. Comme Ussel est proche de Brive, qui demeure une référence, tout et son contraire circule. Un jour, le fils du boulanger nous lance, affolé : « Le trois-quarts aile, c'est le neveu de Puidebois. » Information qui a le don de tétaniser toute l'assistance. « Le neveu ? Oh, là, là ! »

Une autre fois, le boucher nous annonce : « Le deuxième ligne, c'est le cousin de Joinel, il chausse du 48, tu te rends compte ! Cette année, ça va être dur, ils sortent la très grosse artillerie. » Autre terrible nouvelle. Comme s'il suffisait d'être le neveu, le cousin ou le fiancé de la fille d'un grand joueur pour en avoir le talent.

Nous gagnons notre premier titre en juin 1983, à l'ultime seconde, sur un coup de chance incroyable. J'annonce le drop pour notre arrière Francis Para, lequel dévisse complètement au moment de la frappe pour finir par envoyer le ballon à l'extrémité de l'en-but ussélois et, comme notre ailier a pour mission de sprinter quoi qu'il advienne, nous marquons le plus bel essai construit qui soit. Pour tous ceux qui ne sont pas présents, la combinaison, bien sûr, a été travaillée et répétée maintes fois à l'entraînement.

Et voilà qu'on remet ça, un an après, contre les mêmes : la revanche se dispute à Souillac et pour la première fois de notre vie, nous partons la veille du match. Un départ unique, historique même. La plupart des gens sortent de leur maison, trompette, drapeau ou mouchoir à la main, pour nous saluer. Comme pour la Libération. Comme si nous allions jouer l'avenir de la cité, sur un match. C'est fou !

Entre nous un lien très fort naît, nous sommes une même entité. Le café des Sports est devenu notre deuxième maison, notre quartier général. Dès notre arrivée, nous entassons nos sacs dans notre coin réservé, puis nous filons jouer au flipper ou au baby-foot. Il suffit d'un regard, d'un signe et tout le monde suit.

Henri Dourtres nous apprend beaucoup, notamment sur le comportement humain. Avant de disputer cette deuxième finale, nous ne sommes pas totalement « dans notre assiette », ce qui l'oblige à nous recadrer : « Arrêtez de vous taper la tête contre les murs ! » Si nous désirons tant conserver notre trophée, ce n'est pas tout à fait pour nous, mais pour Pierre Maysou, notre pote de la troisième ligne qui s'est échappé, comme il savait si bien le faire mais, cette fois, sur le bas-côté d'une route, un soir de bringue, un soir de trop, après notre premier titre. Et personne ne l'oublie.

Deux autres champions de France, assez gravement touchés, se trouvaient dans la voiture accidentée. Je fus l'un des premiers à arriver sur place. Ce moment fut le plus dramatique de ma jeunesse. J'étais le capitaine, Pierre me le rappelait souvent. Un capitaine désemparé face à la mort qui se fout bien de l'âge et je me sentais responsable. À dix-huit ans, quand tu laisses un ami, sans vie, au bord d'une route, ça ne s'oublie pas. Depuis ce drame, à chaque grande victoire, j'ai une pensée pour lui.

Ce jour-là, donc, Pierre est avec nous dans le vestiaire, nous lui parlons. L'émotion est palpable. Où qu'il puisse être, je pense qu'il est fier de nous et de la communion qui nous lie. Bien que nous ne puissions raisonnablement nous comparer au grand Béziers, je trouve néanmoins, dans ce vestiaire surchauffé et bondé, que nous avons quelques traits de caractère semblables. Nous avons dégoté un talonneur, Miguel, réputé pour ses virées nocturnes. Un dur à cuire, virevoltant, qui rassure. À gauche, le regard noir de Vincent impressionne. Plus sérieusement, Moscato a de la force, du talent. À droite, se trouve Olivet. Il n'a pas de cou tellement il est costaud ; nous avons tout de suite pensé qu'il calerait la mêlée. Fernandez, qui a joué à Nice, Albi et Chalon, est notre Palmié, le grand « papa justicier ». Il est flanqué de Rachid, petit gabarit, mais infatigable coureur.

La troisième ligne, notre joyau, est composée de Mouillessau, qui porta entre autres les couleurs d'Aurillac, alias « Jésus-Christ », grand, barbu avec de longs cheveux. C'est un personnage atypique, un poète, qui arrive toujours à vélo et s'en repart après le match ou l'entraînement, sans avoir jamais prononcé un mot. Ensuite, il y a les deux frères Alibert, Jean-Jacques (sacré par la suite champion de France 1991 avec Bègles, Moscato et moi-même) et Patrick : le dernier à jouer encore au haut niveau, à Albi en Pro D2. Avec mon gabarit longiligne, j'occupe le poste de demi de mêlée, faisant la paire avec un certain Fraisse surnommé « la Truite » pour son faciès « poissonnesque ».

Au centre, au côté de Mosna dit « Petit Moss », nous plaçons un certain Mazet. Normalement, il joue troisième ligne. Mais comme nous sommes largement pourvus à ce poste-là, nous avons l'idée de copier Béziers, qui fait de même avec Henri Mioch, et nous nous en servons de perce-muraille. À l'aile, Valat, un « Chinois » impossible à arrêter, et Yazid (enrôlé au coin d'une rue, très technique, victime, lui aussi, quelque temps plus tard d'un accident mortel). Comme un destin qui s'acharne. Enfin, notre très classique arrière : Para, du sûr.

À y regarder de plus près, cette équipe, surtout devant, a du caractère, une gueule. C'est ce qui fait tout son charme. C'est certainement l'une des raisons fortes de sa deuxième victoire consécutive, champion de France juniors Crabos : imaginez quand même... dans une petite cité comme Gaillac, ce que ça représente, les petits qui font la nique à tous les grands de France ! Nous passons des soirées, des nuits entières chez « Dédé » Ricard, Jacques et Françoise Lafon, chargés de l'intendance et qui nous choient comme leurs propres gosses. Là, agglutinés, fils de maçon, de boucher, de charcutier, de toubib rigolent ensemble, de tout, de rien, de nos pères... Personne ne veut rentrer, s'en aller. Il y a comme une atmosphère.

Aussi, dix-neuf ans plus tard, lors de la saison 2001-2002, l'année du centenaire du club et celui du millénaire du vin de Gaillac, je reçois comme une décharge électrique quand on m'apprend, par téléphone, que les juniors Crabos se retrouvent, une nouvelle fois, en finale. Je me trouve alors au festival de Cannes, sur invitation de mon ami Didier Guillot, le PDG d'Orange. Toute la soirée, je ne pense qu'à une seule chose : leur envoyer un fax qui leur sera lu avant le match. Une promesse faite à leur président. Je loge dans l'un des plus beaux et des plus prestigieux palaces de la Côte, le Martinez, là où les plus grandes stars du cinéma mondial séjournent, et le fax, ce matin-là, ne fonctionne pas.

Je tourne en rond, je piaffe mais, finalement, le fax passe sur le coup de midi. J'y note quelques mots très simples : ma fierté d'être gaillacois et ma joie de savoir qu'ils vont vivre ce que j'ai déjà vécu, c'est-à-dire quelque chose d'inoubliable, un moment fort de leur vie. Je tâche simplement de leur faire comprendre, privilège de l'âge, qu'il ne faut surtout pas passer à côté de ces instants-là, mais plutôt les vivre pleinement et qu'avec tout ça ils se fabriqueront des souvenirs merveilleux. Surtout, je leur dis qu'une finale, ça ne se perd pas ! J'ai la chance de n'avoir jamais perdu une finale : ni comme joueur à Gaillac ou Bègles, ni comme entraîneur à Paris. Quelques instants avant de découvrir la Palme d'or, le message de la victoire m'arrive. Je suis fou de joie, et certains de mes voisins ont probablement dû s'imaginer, sur l'instant, que je connais déjà le verdict du palmarès. Je n'en suis pas peu fier...

À l'époque, ces deux boucliers-là ne me tournent pas la tête, ils me confortent dans l'idée d'aller plus loin dans ma quête d'absolu. C'est la raison essentielle de mon incorporation au sein de l'imposant lycée Rascol d'Albi. Le choix de cet établissement, réputé pour son enseignement professionnel technique, est exclusivement dicté par le fait que c'est là que se trouve l'une des toutes meilleures équipes de rugby scolaire de France.

Car, bien que double champion de France Crabos et de surcroît capitaine, je ne suis retenu dans aucune sélection, même pas départementale. Or, là justement, je vais me confronter aux meilleurs joueurs de la région, sous les ordres d'un entraîneur, Bernard Pagès, qui fait autorité et qui sera déterminant dans ma construction rugbystique. Dans cette optique, je fais complètement abstraction du bac F3 électrotechnique qui m'attend et de l'internat. Double erreur. Avec le pensionnat, me voilà de nouveau confronté au sentiment qui m'a habité, dès mon plus jeune âge, à mon école de la Clavelle.

Ce que j'exècre par-dessus tout, ce sont les interdictions faites de communiquer et le respect à la lettre d'un emploi du temps qui ne laisse aucune liberté. C'est trop inhumain à mes yeux, tout comme le seront les cours de dessin industriel. Frédéric Faragou, aujourd'hui entraîneur de Montauban, habile dessinateur, me sauve à maintes reprises.

J'obtiens mon bac sur la seule théorie et non grâce à la pratique où je me révèle d'une incroyable maladresse. Puis, je réussis l'examen d'entrée à France Télécom et choisis Grenoble et la vie dans un foyer PTT uniquement parce que je sais qu'il y a, là-bas, la meilleure équipe de rugby par rapport aux autres sites proposés. Le Football Club Grenoble a pour arrière un Néo-Zélandais, Robbie Deans, actuellement entraîneur des Blacks. Je le suis partout, même au bowling, juste pour l'approcher, le voir de plus près. J'aurai peut-être l'occasion de le lui avouer lors du prochain Mondial mais je redoute tout de même qu'il me prenne pour un excessif... Ce que je suis sûrement à cette époque : partir travailler à Grenoble et revenir jouer à Gaillac le week-end, prendre dans la foulée le train du dimanche soir à 22 h 30 à Toulouse et arriver à 7 h 30 le lundi matin pour embaucher à huit heures, cela peut paraître vraiment fou...

Ce départ en Isère, c'est ma première grande déchirure, parce que je quitte définitivement la maison.

Le 19 novembre 1983, sur le quai de la gare, je ne m'attends pas à voir mon père, flanqué de mon pote Vincent Moscato, fondre en larmes. Je ne l'ai jamais vu comme ça auparavant. J'avais fini par croire, tellement il était loin de moi, qu'il n'éprouvait pas de grands sentiments à mon égard : et là, l'émotion m'étreint, à la fois surpris et bouleversé de son attitude, de le voir anéanti : on sait tous les deux que c'est un moment de rupture. Quant à ma mère, qui ne nous accompagne pas, je l'imagine pleurant en cachette dans son arrière-cuisine. Je suis plus proche d'elle, probablement parce que nous sommes semblables. Réservés, voire coléreux, nous n'en sommes pas moins des affectifs hypersensibles. Pourtant, j'ai pu lire une lueur d'espoir dans son regard au moment de la quitter, comme si elle savait, comme si elle sentait au plus profond d'elle-même, que j'allais enfin pouvoir me réaliser, lancé dans la grande aventure de la vie.

25 juillet 1985 : l'accident

La date est à jamais ancrée dans ma mémoire. La journée s'annonce belle et le soleil cogne déjà l'asphalte de la base 106 de Mérignac. C'est jour de quille, donc jour de fête. Tout le monde se retrouve au mess, impeccable, tiré à quatre épingles : pas un bouton de guêtre qui manque à l'appel, les vareuses sentent l'amidon et les godasses luisent, le calot bien droit sur le crâne ; je sais de quoi je parle, moi qui suis fourrier, qui veille aux paquetages et distribue couchages et vêtements. Chacun son petit appareil photo caché sous la veste, pour saisir ce moment d'adieu chargé d'émotion : on sent au fond de soi que c'est la fin d'un quartier de vie, qu'on se reverra peut-être ou plus jamais... Les sourires sont crispés : on boit un pot d'adieu, on s'embrasse, on se serre la main, on se donne la dernière accolade.

Je saute dans mon auto : juste le temps de déposer un pote de chambrée à Langon, d'avaler un « ballon » de rouge et je file à tout berzingue vers Gaillac. Trop vite. La vitesse, la fatigue accumulée, celle d'une semaine harassante ponctuée de nuits trop courtes, la chaleur suffocante, et c'est le trou noir. Sans m'en apercevoir, je m'assoupis au volant et j'achève ma course folle dans un platane, dans lequel je m'encastre à 120 kilomètres à l'heure ! Un choc frontal terrible. La voiture, une Samba toute neuve, est en miettes ou presque. Je n'oublierai jamais les photos prises en la circonstance, la tôle froissée, cette voiture réduite à un cube. Et cette question qui, tout à coup, surgit de nulle part, lancinante : pourquoi lui, pourquoi pas moi ? La conscience d'avoir échappé miraculeusement à la mort et ainsi de ne pas avoir rejoint Pierre Maysou dans un autre parking de la mort me traverse aussitôt l'esprit. Comment ne pas y penser ? Comment ne pas revoir ces images gravées, là, dans ma mémoire, sa voiture nettement moins endommagée que la mienne ? Comme une injustice.

Ma « première mort » sera pour plus tard, après mon réveil et mon transfert à l'hôpital militaire de Bordeaux où le premier verdict médical tombe, sans appel : « Sérieuse perte de connaissance et grave traumatisme crânien. » Mes jours ne sont pas en danger, mais il n'est plus question d'envisager la pratique du rugby. Cette annonce faite de façon presque anodine par un médecin, pour moi, c'était comme... Évidemment, à tout prendre, il serait déplacé, voire inconvenant, de me plaindre, et les semaines passées en soins intensifs, les deux mois d'hospitalisation, la douleur, les séquelles, dont ces maux de tête récurrents, ne sont que peu de chose. Mais j'ai vingt et un ans et ce jeu, c'est l'essence même de ma vie. Je pleure des nuits entières, tout seul.

Encore convalescent et les progrès aidant, je demande à ma mère de m'apporter un ballon : à longueur de journée je le touche, je le caresse, je le lance, le rattrape encore et encore. Un exutoire plutôt qu'un jeu. Je réussis à convaincre un colonel, ancien dirigeant, de m'accompagner de temps à autre à l'entraînement de Bègles. C'est ma seule sortie durant la semaine. Là, à moitié couché au fond de la voiture, je ne perds rien de ce qui se fait, j'observe tout, je note les combinaisons autant que je peux dans ma tête. Ces quelques matches vus par-ci, par-là m'aident à me maintenir en vie.

Mais à vrai dire, je ne sais pas ce qui me fera le plus de bien ou de mal : les tapes dans le dos, les marques d'affection et de soutien ou les regards qui trahissent la certitude d'avoir perdu un coéquipier. Surtout, ne pas inspirer la pitié !

Les sept mois qui suivent sont parmi les plus durs à vivre. Je « traîne » ma détresse de Bordeaux à Gaillac, puis à Grenoble où je dois me rendre cinq mois durant pour finir d'obtenir un poste de titulaire à France Télécom.

Je me pose maintes questions, sur mon avenir bien sûr. Je souffre en silence, je ne confie rien à personne, c'est *ma* douleur. Il me faut envisager une suite pour le cas où je ne pourrais jamais remettre les pieds sur un terrain. Ma seule obsession est : que faire pour rester dans ce milieu ?

Comme j'entraîne depuis mon plus jeune âge, le mot éducateur revient sans cesse et je crois bien avoir essayé une fois ou deux de recueillir quelques informations sur les diplômes à obtenir. Mais, je ne fais jamais vraiment le deuil du terrain ; comment pourrait-il en être autrement à mon âge ? Secrètement, au-delà de ces moments difficiles, je ne lâche pas, ce n'est pas dans mes habitudes, ni dans ma nature.

J'entretiens toujours l'espoir de retrouver à la longue l'ensemble de mes moyens, de passer tous les examens du monde s'il le faut, pour m'entendre dire : « Oui, tu peux rejouer », ne serait-ce qu'à un tout petit niveau. Un an plus tard, c'est chose faite. Je vis cet événement comme une seconde naissance. Nous sommes en juillet 1986. J'obtiens le feu vert médical et je reprends une licence à Gaillac qui évolue alors en deuxième division. La vie est une drôle d'affaire, pas toujours simple. J'y vois même comme un signe du destin puisque je supplée un jeune demi de mêlée qui vient de perdre la vie dans un accident de la route...

À partir de cet instant, je ne suis plus le même individu. Pourtant, je ne suis pas tout à fait un homme, je ne me suis pas encore construit, encore moins réalisé. À ma farouche détermination, cette passion dévorante, exacerbée, que j'éprouve pour ce jeu, vient s'ajouter cette volonté de ne plus attendre, de saisir la moindre chance dès qu'elle se présente, d'aller au bout de mes convictions, sans peur ni faiblesse.

J'ai compris définitivement qu'il n'y a pas de temps à perdre, que la vie coule beaucoup trop vite, parfois bien plus vite qu'on ne veut bien le dire et que tout peut basculer simplement parce qu'un type vous coupe la route, parce qu'un autre grille un feu rouge, ou parce que tout bêtement, c'est vous qui la faites, la connerie...

André Moga : l'homme qui m'a révélé

En ce matin de début juin 1987, mi-endormi, mi-réveillé devant mon bol de café, je tartine mon pain au chocolat : il est dix heures à la grande horloge. Le téléphone sonne. Au bout du fil, M. Moga : « Allez petit, reviens me voir, on va faire de grandes choses ensemble, ça fait un an que j'y pense. »

Si j'en garde une si bonne mémoire, c'est sûrement parce que, ce matin-là, fait rarissime, ma mère n'a pas le temps de repasser mon survêtement fétiche, celui de Gaillac, et que j'enfile, à la hâte, celui du CABBG (Club athlétique Bordeaux-Bègles-Gironde) que je ne mets plus depuis un an ! Autre signe du destin. Mon accident n'est plus qu'un lointain souvenir. Je viens de clôturer la saison en deuxième division avec Gaillac qui m'offre un emploi-jeune. J'ai en charge les catégories poussins et minimes.

André Moga me récupère durant l'été 1984 sur les conseils d'un ancien camarade de la Résistance, Bertrand Roumens, ce dernier lui ayant confié : « Tu devrais venir voir, il y a un petit qui cause comme un général. »

À l'époque, cela m'avait fait sourire mais l'histoire mérite qu'on s'y attarde car avant de rejoindre Bordeaux-Bègles, je fais un cadrage débordement vers Cognac qui me harcèle et qui, finalement, me convainc avec à la clé un chèque de 20 000 francs. André Moga, qui s'appuie sur un formidable réseau d'anciens de la Résistance (il en avait pratiquement un dans chaque ville), l'apprend le soir même, par l'un de ses indicateurs chargé de l'informer de tout mouvement suspect dans la région. Le lendemain matin, il m'appelle pour me dire en substance : « Ne t'inquiète pas pour la signature à Cognac, j'en fais mon affaire. Fais-leur vite passer le chèque. » Ce que je fais dans la journée en m'acquittant d'un autre chèque, puisque j'ai déjà encaissé le premier.

Je ne sais pas comment André Moga s'y prend pour régler le différend. On me fait seulement comprendre qu'il a usé de son influence à la FFR. Autre temps, autres mœurs, surtout dans le monde du rugby, où ceux de la « famille » pouvaient, sur un simple coup de fil : « Passez-moi Albert, ici, c'est André », tout se dire. Ainsi, André Moga, qui avait obtenu la naturalisation d'Abdel Benazzi, laissa-t-il filer ce dernier vers Agen à la demande expresse d'Albert qui l'avait repéré...

Laissé en jachère depuis deux ans, à cause de mes malheurs et de mon retour à Gaillac, André Moga, lui, ne m'oublie pas.

Il est difficile de lui résister et, plus encore, de ne pas succomber à son charme. J'ai déjà eu un aperçu du personnage. Pourtant, les dix premiers mois passés à Bordeaux ne me laissent pas des souvenirs impérissables. Entre une mononucléose et mon accident de voiture qui a failli me coûter la vie, c'est même un vrai cauchemar. Néanmoins, une force irrésistible me pousse vers lui.

Le « taulier », le personnage central de Bordeaux-Bègles, c'est lui. D'abord, un physique, une stature « gaulienne », un vrai charisme. C'est le patriarche, un brin paternaliste. Grand résistant, Moga est un proche de Jacques Chaban-Delmas, ancien Premier ministre et député-maire de Bordeaux. Il appartient à un monde dont l'influence est certaine.

Il est tout à la fois puissant, fin politicien, vif, intelligent, très observateur. Il a l'art de mettre en confiance ses amis comme ses ennemis à l'aide de formules désarmantes telles que : « Ma poule, comment tu vas ? » Enfin, c'est un grand patron, respecté et respectable, qui mène ses affaires avec la poigne nécessaire.

Il dirige l'une des plus grandes entreprises de produits laitiers de la région, la Salprolait, installée dans la première couronne bordelaise, à Villenave-d'Ornon. De son business aux affaires de la FFR, dont il est le vice-président, et du CABBG, il contrôle tout, règne en maître absolu. Chaque fois que je lui rends visite, je demeure là, assis dans son bureau, tout l'après-midi, juste pour le voir, l'entendre couper, trancher, briser, faire et défaire une intrigue, traiter une affaire financière avec une rare autorité. Entre deux sourires distillés, un « ma poule » qui fait mouche, il peut changer de ton, de visage et, en quelques secondes, devenir impitoyable.

Et si, plus tard, j'ai eu à subir ses foudres, le petit novice de Gaillac que j'étais alors – pas très à son aise, il faut bien le reconnaître, comme bien d'autres une fois éloignés du clocher de leur village – se nourrissait de ce vrai spectacle, ébahi par cette faconde, cette énergie constante à tout faire, tout voir, tout régler en un tournemain. J'apprends plus, dans ces instants magiques, sur le monde des affaires, du relationnel et de la psychologie humaine qu'en vingt ans d'école.

Dès le départ, André Moga a confiance en moi, il me le dit, me le répète sans cesse et me le prouve, peut-être pour m'asseoir complètement et me libérer totalement. Nos relations sont directes, franches, respectueuses. Il n'embrasse pas, il serre la main et donne, dans la foulée, une calotte derrière la tête. Plus elle est forte, plus vous lui êtes sympathique. Ce n'est pas un président de proximité, on ne le voit pas beaucoup. Il est rarement présent avant un match mais tout le monde sait à quoi s'en tenir. S'il y a un coup dur, un pépin à régler en urgence, il déboule. Dans le sillage d'un tel personnage, je ne pouvais traîner en route.

1987-1991 : le triomphe des exilés

Un lundi matin du mois d'août, me revoilà débarquant à Bègles : cité de banlieue grise, ouvrière et maraîchère, aux portes de la grande bordelaise, « la belle bourgeoise endormie ».

Dans la poche de mon survêtement, un contrat de 5 000 francs par mois et une place à l'EDF pour rassurer mon père. Dans le souci de me bien présenter, je décide de me faire dégager les oreilles. Je cherche un coiffeur dans les parages du stade, peine perdue. Au détour de l'impasse Musard qui mène à l'entrée principale du stade du même nom, je croise un vieux Béglais, béret vissé sur la tête, qui me prend pour le responsable de l'entretien des espaces verts.

Ce qui me chagrine le plus, c'est qu'il ne pense pas un seul instant que je puisse ressembler à un joueur de rugby.

Ma première rencontre avec les autres recrues tient du rendez-vous à l'ANPE. Musard est désert, fermé. Et nous sommes une bonne dizaine de joueurs à attendre à la queue leu leu, bloqués devant une porte.

C'est cocasse.

Il y a là Didier Félix, le pilier, enquêteur de police, qui raconte, avec un fort accent du Midi, ses « salades niçoises », le geste ample, la tenue colorée. Il est accompagné de son

« frère » de la Côte, un certain Serge Simon, paradoxe vivant qui mène de front carrière rugbystique et études de médecine. Pourtant, rien de studieux chez ce Niçois au physique de grand aventurier, qui porte des lunettes de « jet-setteur ». Dans le rang suivent : Thomas Clamens, un Toulousain, centre, jeune, branché ; Alex Sessac, deuxième ligne de Dax, au costard impeccable ; Michel Courtiols, troisième ligne de Cahors, étudiant décontracté en jean-polo ; Christian Delage, dit « Coco », d'Agen, prof d'EPS, allure soignée, chemise à carreaux et pantalon à pinces du meilleur effet. Ambiance surréaliste... Tous s'apprécient, se détaillent de la tête aux pieds avant de se saluer respectueusement. Tout le monde a le profil de la petite annonce de recrutement établie par le club béglais : illustres inconnus, exilés revanchards qui cherchent fortune. La première impression est souvent la bonne.

Ensuite, il y a Musard, atmosphère, atmosphère... Lieu à la fois aristo et populo, un mélange des genres réussi, où Jacques Chaban-Delmas, brillant joueur, siégeait jadis dans les vestiaires, le plus naturellement du monde, sur le même banc que le chef éboueur de Bègles ! C'est un site très particulier, au charme champêtre, avec cette double rangée de peupliers, paysage impressionniste, qui vieillissent doucement derrière les poteaux. Une enclave majestueuse qui se révèle une cocotte-minute, prête à exploser, une fois que ses deux vieilles tribunes chancelantes retrouvent vie et voix, celles de milliers de spectateurs chauffés à blanc (sec) et à bloc, debout, à un mètre cinquante de la pelouse.

Le stade semble alors se refermer sur ses adversaires comme pour mieux les avaler. L'enfer n'est plus très loin, ce sont nos « académiciens » qui s'en chargent. Ni épée ni habit vert d'apparat, leurs attributs sont plutôt la Gitane maïs et la casquette. Ils ne sont pas tous diplômés, loin s'en faut, mais ils ont un goût très vif pour la phrase imagée, le mot qui fait mouche, et rivalisent à grands coups de saillies drolatiques. Ils sévissent sur toute la largeur de la tribune basse, faisant face au tunnel d'où sortent les joueurs. Si vous n'avez pas trente ans de cartes ou d'usine, si vous n'appartenez pas à une famille qui a déjà sa place au sein de l' « Académie », alors vous n'avez aucune chance d'intégrer ce kop de supporters. Fins connaisseurs, ils se tiennent au fait des affaires du club et du microcosme ovalien.

Leur soutien est indéfectible mais ne les empêche pas, parfois, d'être très directs dans leurs messages. L'examen d'entrée est redoutable et je ressens une certaine appréhension à l'instant de m'y présenter : « C'est bien, petit, tu aboies, mais si tu veux qu'on te garde, il va falloir que tu mordes. »

Je n'oublie pas mon baptême du feu, ni les quatre années qui suivent. Ces joutes oratoires, comme si d'un mot choisi, pesé, cette Académie-là était capable d'épingler une équipe, un joueur à tel point chagriné qu'au plus fort de la tempête il vacille. Je ne sais s'il y a véritablement une relation de cause à effet. Mais combien de passes d'armes déclenchées par leur faute, de ballons savamment ajustés et distillés vers eux pour déclencher leur faconde, leur ironie, déstabilisant l'adversaire pris sous la mitraille d'amalgames douteux ! Ils font et défont les réputations y compris dans leur équipe. Ainsi, durant plusieurs semaines, ils observent les nouveaux pour lesquels ils n'ont aucune compassion.

Moi, à portée de ma passe, j'ai la chance de trouver Coco Delage, qui jouit déjà d'une solide renommée. Sur le plan technique et stratégique, c'est le joueur le plus talentueux qu'il m'ait été donné de rencontrer. Il sait tout faire, devine tout et voit loin. Il me prend sous son aile d'où il s'ensuivra quelques invitations à la table agenaise, chez Daniel Dubroca.

Fort de ce parrainage et de la confiance que me témoigne André Moga, un sauf-conduit dès 1988, après la blessure de François Labat, je suis propulsé capitaine en remplacement de Michel Murat. Une demi-douzaine de grands joueurs en devenir nous rejoignent, parmi lesquels Vincent Moscato et Jean-Jacques Alibert, mes anciens partenaires, champions de France Crabos avec Gaillac. Je n'y suis pas étranger. Philippe Gimbert (Biarritz) et Christophe Reigt (Marmande) complètent le dispositif. Soit une vingtaine de joueurs de tous horizons sans qu'un style ou un schéma directeur ne soit proposé. On met cependant la machine sur les rails. C'est ainsi que le bouillant troisième ligne Serge Simon, sous-employé chez nous, se retrouve en première ligne, à l'initiative d'Yves Appriou avec le bonheur que l'on sait. Sa première apparition est épique.

Elle a lieu à Blagnac, face au huit de l'ami Roger Viel. Là, il se trouve face à un « vieux » qu'il manœuvre bien, mais Serge est inquiet, car depuis dix minutes au moins, il aperçoit un gros cube qui s'échauffe, fait des pompes, des roulades et des mini-sprints impressionnants, avant d'entrer sur l'herbe, furieusement. Tout à coup, Serge le reconnaît et sourit. C'est Espagno, un gaillard, bonne pâte. À la première mêlée, ils se saluent bien bas :

— Ça va Papagno ?

— Qui tu es, toi ?

— Je suis Simon, de Nice.

— Putain, con, qu'est-ce que tu fous là ?

— J'essaie de survivre.

Et voilà comment Serge fait une seconde mi-temps relax. Heureusement pour lui, car il met dix jours à s'en remettre, bloqué au lit, comme un vieux.

C'est l'un de nos premiers faits d'armes, capital pour la suite, d'autant que cette première tentative de fusion n'est pas gagnée d'avance. En effet, hormis leur passion dévorante pour ce jeu et pour la troisième mi-temps, Serge Simon et Vincent Moscato n'ont rien en commun. Pourtant, Vincent lui apprend tout, à travers des sketches incroyables qui ont lieu dans les vestiaires, dix minutes avant l'affrontement. Serge demandant à Vincent : « Qui je joue aujourd'hui et qu'est-ce qu'il vaut ? » Vincent, loin de ces problèmes, le prenant néanmoins en main, lui donnant toutes les informations nécessaires. « Celui-ci, attention, il pousse en travers, il a tous les vices, cet autre est sans cou, tout en tronche, celui-là est vicieux, méchant et va te tirer vers le bas... » Vincent, professeur de mêlée.

Durant la première saison, Serge va très souvent, selon sa propre expression, « sortir les revolvers » parce qu'il souffre. En jouant âprement et au dur, il va se bâtir cet état d'esprit « Rapetous » qui, plus tard, planera sur tous les terrains de France. Un jour de 1989, Serge arrive, triomphant : « Ça y est, j'ai les os qui ont poussé dans le dos ! »

Désormais, le roseau est devenu chêne, en confrérie de piliers...

Alors que je viens de subir la consolidation de mes deux épaules à trois mois d'intervalle, Nadine déboule, un beau matin d'octobre, en pleine rééducation, pour m'annoncer l'arrivée de... jumeaux, M. Baptiste et Mlle Marine, pour début mai 1990 : je saute de joie et tombe de la table de massage... mes deux épaules ont tenu.

Nadine ? C'est mon épouse ; on s'est mariés le 22 juillet dernier, chez nous, à Gaillac. On se croisait au lycée, sans plus. Elle était avec les grandes, en terminale, quand j'étais en seconde, donc, forcément, elle ne regardait pas les petits. Plus tard, à vingt ans, elle n'a pas résisté à mes vieux survêtements, mes oreilles décollées et mes premières feintes de danse sur la piste de la discothèque les Barthes, chez Jacky le moustachu, propriétaire d'une petite ferme aménagée, la boîte rendez-vous branché entre Gaillac et Graulhet. Un sacré drôle de bout de femme, grande, une belle plante châtain aux yeux verts. Très sportive (ski, vélo), très dynamique, elle n'est pas du style effacée, dans l'ombre. Un caractère bien trempé : elle a de qui tenir, elle est fille de gendarme...

J'ai beaucoup de chance : Nadine comprend et me laisse vivre pleinement ma grande passion. Ainsi, elle accepte, sans rechigner notre voyage de noces à Hyères. Là, près de la rade de Toulon, elle me dépose tous les après-midi à l'heure de l'entraînement du Racing Club de Toulon de Daniel Herrero. C'est l'équipe à la mode et forcément ma curiosité et ma soif de connaissances sont aiguisées. Elle l'a compris : quelle plus belle preuve d'amour ?

Côté rugby, ce n'est pas une année de référence : Toulouse nous inflige une raclée qui nous met en quarantaine à Musard, lors du huitième aller du championnat. Malgré tout, j'éprouve une étrange sensation de bien-être comme un heureux présage. Certes, nous sommes loin de former une équipe triomphante, mais pour la première fois, je sais que nous sommes dans le vrai, qu'une concordance de vues est sur le point d'éclore, un mouvement général dans la même direction de jeu s'amorce.

Nous enregistrons six autres arrivées entre 1989 et 1990, notamment celles de William Techoueyres (SBUC), Régis Frenzel (Narbonne) et Marc Sallefranque (Dax). Tous sont animés par une farouche volonté d'exister. Très ciblées, leurs venues s'inscrivent dans la lignée des précédentes et visent à ce que chaque joueur trouve sa place, pièce d'un puzzle. Cela fait trois ans que nous sommes ensemble et notre métamorphose physique, mentale, structurelle prend forme.

Nous ne nous quittons plus ou presque. J'ai déjà connu pareille aventure à Gaillac. Nous avons les mêmes idées, les mêmes envies... Tous les jours, nous déjeunons au Radis, une petite gargote aux portes de Musard, paradis des ouvriers maraîchers, qui forment la base de nos supporters. Le soir, nous nous retrouvons au Bougnat. C'est un bistrot à l'ancienne, tout en bois et ferraille, niché au cœur de Bègles, constamment bondé. Là, nous refaisons le monde d'Ovalie et rêvons tout haut d'un coup d'éclat.

Clef de voûte de cette symbiose naissante : l'exil. En effet, hormis les Bordelais – Geneste, Techoueyres, Soulé, Reigt et Conchy –, tous les autres sont frappés du sceau de l'exil. Certes, ce terme semble excessif quand on vient d'une même région ou de départements limitrophes, mais dans la plupart des milieux sportifs professionnels, n'est-il pas l'élément fédérateur ? Bègles n'échappera pas à la règle. Question d'état d'esprit. C'est aussi le prix à payer pour cette équipe sans internationaux, sans stars, que d'autres grands clubs comme Toulouse, Toulon ou Agen attirent.

Bègles, en trois ans, se réalise donc seul en partant de trois fois rien. Aucune volonté politique ou sportive n'est affichée. Seule préside une détermination commune à fondre notre mixité rugbystique, qui devient notre marque de fabrique jusqu'à la fameuse « tortue béglaise » que nous réinventons (le grand Béziers l'ayant merveilleusement maîtrisée avant nous). Huit avants s'enroulent l'un dans l'autre, en un tourbillon de bras, de faciès douloureux, pour tenir au chaud le ballon et celui qui le porte, pour avancer, avancer toujours en un déroulé dynamique.

Nous avons cette volonté d'exister ensemble, cette force de bras déployée qui nous pousse à nous retrouver dès que cela devient difficile. Nous n'avons aucune pulsion individuelle, notre force est ce contact charnel, ce terrible besoin de l'autre. Serge Simon voit en cela un éloge de la féminité ; le ballon expulsé sous les convulsions répétées de la mêlée évoquant étonnamment un accouchement.

Nous maîtrisons, tous les jours davantage, cette phase très technique. Contre Périgueux, lors d'un match de championnat, on décide d'une folie : d'entrée de jeu Moscato récupère la gonfle ; Gimbert, Simon, Berthozat viennent au soutien, l'enroulant dans leurs bras tentaculaires ; la pieuvre étouffe le ballon, je suis à la barre, un coup à gauche un coup à droite et petit à petit le rafiot s'ébranle... les uns et les autres, chacun à sa place, viennent à l'abordage, boostant l'adversaire hors de notre sillage : nous déroulons une « tortue » de quatre-vingts mètres à quatorze joueurs.

Je suis à la manœuvre et n'oublierai jamais le manège de l'arbitre. Comme une toupie, il tourne et retourne, sans cesse, autour de nous. Les regards qu'il me jette me somment d'en finir. Mais je lui fais comprendre que nous irons jusqu'au bout. Alors, déboussolé, perdu, ne sachant pas comment en sortir, il siffle. Je ne lui demande pas pour quelle raison, car nous savons tous deux qu'il n'y en a pas. Il veut peut-être éviter que nous terminions dans l'en-but périgourdin, assis, à ballon caché. C'est le plus grand frisson collectif que j'aie jamais connu : l'orgasme rugbystique !

Nous marquons nos adversaires au fer bleu et blanc.

Trois autres confrontations, pour des raisons diamétralement opposées, achèvent de nous donner une confiance absolue, celle des champions. La plus symbolique demeure notre victoire physique sur Toulouse (12 à 3), en demi-finale de du-Manoir, face à une équipe qui nous a littéralement étrillés vingt mois plus tôt. Ce jour-là, nous ne gagnons pas seulement le droit de disputer la première finale de ce challenge dans l'histoire du club, mais nous remportons mentalement le bouclier de Brennus, face à notre futur adversaire pour le titre de champion de France. Un exploit qui valide notre mainmise d'un jeu d'avants au mental supérieur.

Le grand oral se passe en deux parties, sous forme d'allers-retours en huitième de finale contre Toulon. C'est la double confrontation de l'année. Un épisode inoubliable qui marquera profondément nos vies. Jamais une opposition n'a suscité autant de passion, de haine et d'engouement. Comme si, au-delà du contexte sportif, Toulon et Bègles s'opposaient culturellement : l'une, ouverte sur la mer, exubérante, excessive, ensoleillée ; l'autre, banlieue grise repliée sur elle-même.

Pourtant, elles connaissent les mêmes difficultés économiques et sont fortes d'une même population ouvrière, issue d'un côté des chantiers navals, de l'autre du rail et des productions maraîchères et morutières. Leur espoir, leur fierté, leur soif de reconnaissance, leur joie sont véhiculés par leur club respectif.

La similitude vaut également pour leur stade, lequel occupe une place stratégique, au cœur de la ville : Mayol tout en hauteur, Musard tout en largeur. Accueillants au premier abord, ceux-ci vous mènent rapidement en enfer... Mayol, « antre du diable ». La formule est de Michel Courtiols. J'y souscris pleinement.

Comme nous sommes qualifiés d'office pour les huitièmes de finale, je décide, avec l'accord d'Yves Appriou, d'assister aux barrages entre Toulon et Narbonne, donc de vérifier si Mayol est bien de connivence avec le diable. Le plus amusant est mon intrusion au club-house et dans quelques bistrots autour du stade après le succès attendu des Varois. La bière coule à flots, il fait plus de trente degrés dehors et le double à l'intérieur. Forcément, nous alimentons les conversations. Je fais donc en sorte de n'être pas reconnu et m'arrange pour passer inaperçu. Pour une fois, mes grandes oreilles me servent : « Oh, collègues ! je viens de croiser "Ber", il les connaît : ce sont des "minots". Il paraît qu'ils sont fous, mais bon, à Mayol, pour la der de "Dani", on va les "destroncher !" » Plus loin, un ultra, de rouge et de noir vêtu, le bandeau de rigueur, signe de ralliement à la confrérie de Daniel Herrero, troisième du nom, la grande famille du « ercété », raille : « Ce Laporte, c'est un gringalet, avec son long nez, on dirait un pêcheur du dimanche. Il est tout pâle, on dirait qu'il est malade. "Champignon" (Éric Champ, le capitaine) va le "fracasser". » Allons bon, moi qui croyais qu'il n'y avait que les oreilles... Les supporters toulonnais, pour lesquels j'ai toujours eu un faible (allez savoir pourquoi ?), sont les rois de la formule. En deux temps, trois mouvements, dans un langage qui leur est propre, ils vous taillent un costard qui vous habille pour l'hiver...

Je sais désormais à quoi nous attendre dans la mesure où ce match coïncide avec la dernière sortie à Mayol de Daniel Herrero, symbole du renouveau toulonnais des années 80. « Dani », comme ses amis le surnomment, a de la gueule (bandeau rouge, barbe blanche) mais aussi une voix, couleur Provence, dont les mots portent et font mouche sur la rade. Il sait que Mayol, tout Mayol est venu pour lui. Il joue sur du velours. Il nous réserve son meilleur carat, taillé dans le cœur.

Pendant le voyage, alors que les gros sommeillent et que les petits tâtent du carton, à même le sol, prisonniers de la belote et du tarot, on se retrouve à trois ou quatre à l'avant du bus où Serge Simon, ancien Niçois censé connaître tout ce qui se trame ici, d'un clin d'œil me convoque. Pour parer à tout attitude susceptible de nous déstabiliser, il nous repasse tous les stratagèmes des Varois. Serge en connaît un rayon sur les provocations méditerranéennes « à deux francs » comme il dit. Il ne fait aucun doute que Toulon va nous le faire à l'embrouille. Il prend en charge la préparation psychologique. Il est dans son élément, lui qui ne croit ni aux héros ni à la notion de courage, seulement aux circonstances héroïques. Il n'a donc pas besoin d'ajouter de pression ; l'événement se suffit à lui-même.

Nous avons opportunément choisi un lieu de retraite à l'écart : l'île des Embiez, propriété de la famille Ricard, à une demi-heure de Toulon. C'est le paradis des oiseaux et des bateaux de plaisance. Là, dans un petit restaurant de pêcheurs, sur des nappes en papier blanc, nous dégustons une excellente bouillabaisse : pot-au-feu de la mer mitonné avec la pêche du matin. Nous faisons aussi de petites balades en voiliers dont l'un d'entre eux se retournera, entraînant quatre hommes du pack à la mer. Enfin, au couchant, nous effectuons une ultime sortie au large en catamaran. En un tel lieu, idyllique, nous en oublions presque la raison de notre venue. C'est pour mieux y revenir, et Serge, qui pressent le gros temps, se charge de nous le rappeler à quelques heures du départ vers Toulon. La mise au point sera poignante.

Nous sommes seuls sur la plage, abandonnés à nous-mêmes, soudés les uns aux autres. Serge prévient, évoque tour à tour l'arrivée en car par la grande avenue qui mène au stade Mayol, les provocations et insultes de toutes sortes qui vont s'ensuivre, fleurir et fuser au fil des mètres parcourus, les supporters varois faisant en sorte de ralentir, voire de bloquer le car, histoire de faire monter l'adrénaline des occupants.

Quant aux joueurs, ils attendent leurs adversaires pour la traditionnelle séance d'intimidation, selon un rituel bien rodé. Ils se trouvent tous à la terrasse du bar du coin : Champ, le capitaine, sort toujours le premier, flanqué de Louvet dit « l'Indien », cheveux longs, sacs en bandoulière, bientôt rejoints par les autres joueurs. D'un pas décidé, ils parcourent les cinq mètres qui les séparent du car visiteurs, déambulant volontairement au milieu des paquetages adverses, décochant des regards belliqueux et si possible quelques coups d'épaules avant de pénétrer dans le stade par leur porte souterraine. La bataille de Mayol se gagnera là.

Sur cette plage de l'île des Embiez, à l'évocation de ce qui nous attend, nous ne bougeons pas, ne bronchons pas. Je ne perçois aucune peur, aucune appréhension particulière dans les regards que je croise mais à chaque fois que Serge retient sa respiration, soignant les détails, alors les bras, tous les bras se resserrent presque instinctivement. C'est fort.

Ce jour-là, je comprends que rien ni personne ne nous fera reculer. Un même fil conducteur nous électrise tous.

Simon ne se trompe pas : l'arrivée à Mayol est conforme à nos craintes. Je reconnais qu'une équipe non préparée à un tel « cérémonial » a, d'entrée, de quoi y laisser des plumes. Je ressens à notre encontre une haine exacerbée, injustifiée, comme si les supporters varois avaient peur que nous puissions leur gâcher la fête : leurs adieux à Daniel Herrero.

Je m'attends alors au pire et j'ai le pire : je retrouve Éric Champ dans le vestiaire de l'arbitre, M. Jean-Claude Doulcet. Là, je comprends qu'il va se passer quelque chose de pas ordinaire, comme un raz de marée. Durant plusieurs minutes, il me fixe de son regard noir, impavide. Aucune trace d'amour dans ses yeux ! Pas un mot, pas un geste ; il ne lorgne même pas le lancer de pièce et je suis persuadé qu'il n'écoute pas davantage le discours de l'arbitre.

Je retourne dans nos vestiaires et préviens les joueurs. Serge et moi décidons alors de mettre dehors tous les ballons. Aujourd'hui, il n'est pas question de rugby, mais plutôt de nous, d'eux, de Mayol et de trente hommes, des imbéciles, qui vont s'affronter.

Nous nous préparons à la sortie sous le tunnel et à l'ultime traquenard des Varois. Leur grand classique. À chaque fois que l'équipe visiteuse pénètre sur le terrain, Éric Champ ressert, en grand filou qu'il est, le coup du lacet qu'il met cinq bonnes minutes à refaire. Juste le temps nécessaire pour laisser cuire au soleil et dans le four de Mayol des adversaires qui subissent les affres d'un stade, debout, scandant : « Tou-lon, Tou-lon ! » Rien de tel pour vous ramollir le cerveau.

Simon a prévu le coup et, au moment d'entrer sur la pelouse, se tourne vers l'arbitre. Il lui demande de vérifier si le lacet de Champ est bien attaché, car il ne veut pas que le capitaine varois se prenne les pieds dans le tapis. Bingo ! Judicieuse intervention, du meilleur effet. S'ensuivent échauffourées, prises de bec et collages de tête. Après maintes palabres, l'arbitre remet tout le monde à sa place, dans le bon couloir, et invite, sur le ton de la colère, les trente acteurs à s'élancer. Ce que nous refusons. Ce sera avec les Varois ou pas du tout. C'est dantesque. Dehors, les Varois ultras de la tribune face se rendent bien compte qu'il se passe quelque chose d'anormal, ce qui a le don de les galvaniser. Du coup, le stade, déjà en transe, chauffé à bloc, brûle.

Après dix coups de sifflet et quelques mots aigres-doux supplémentaires, nous rentrons tous au pas, dans un Mayol électrisé : quinze mille spectateurs vociférant « Tou-lon, Tou-lon, Tou-lon ! » Les deux équipes ne sont séparées que par la ligne blanche médiane et les insultes fusent. Il y a même un nouvel accrochage : le pilier varois Chapus donne un coup d'épaule à Gimbert.

La minute de silence à la mémoire de l'ancien trésorier de Toulon n'y change rien. Certains joueurs trouvent encore le moyen de s'adresser quelques amabilités, obligeant l'arbitre à intervenir. « Respectez au moins cela ! », leur intime-t-il avant de siffler l'engagement du plus scandaleux match de ma vie.

Deylaud envoie directement le ballon en touche : la première mêlée, tant désirée, n'aura pas lieu. Simon, qui s'agrippe au short de l'arbitre, se voit sanctionné. Je crois que l'arbitre a peur alors que Serge cherche simplement à l'écarter pour attaquer la mêlée, bille en tête. Du match, je ne parle pas. Vingt-sept coups de pied au milieu des perches (18 à 9 pour Toulon) et autant, ou presque, sur le terrain. Des coups de poing, des coups de pied, des coups de boule, des coups de casque, deux grosses bagarres générales, sur la première desquelles l'arbitre est blessé à la main. *Midi Olympique* titrera : « Mayol, à feu et à sang ». Sept avertissements (cinq Toulonnais), une licence retenue et neuf interventions des juges de touche pour signaler des coups bas.

Pour la première fois de ma vie – la dernière aussi –, j'ai eu peur sur un terrain. Ce n'est pas une peur physique, c'est plus grave. Un sentiment désagréable m'envahit à la pause. Je me rends compte qu'il n'y a plus de limites, de règles.

Tout est à craindre car nous ne cédons pas d'un pouce, ni en mêlée, ni dans les bagarres. Nous sommes prêts, conditionnés à aller jusqu'au bout, si nécessaire. Si l'un d'entre nous tombe, nous tombons tous, sans exception.

Et, c'est là que je prends conscience de l'engrenage infernal dans lequel nous sommes pris. Bien qu'agressés, nous ne lâchons rien. Parfois, même, nous rallumons la mèche et faisons de la surenchère au mauvais coup tordu, celui qu'on ne voit pas venir. C'est ce qui m'inquiète le plus.

Serge Simon n'est plus tout à fait sur le terrain ; il scrute sans cesse l'horizon vers la tribune ouest, à la recherche de ses parents qui viennent le voir pour la première fois. Il n'a pas peur pour lui, mais pour eux. Pendant vingt bonnes minutes, il n'a que ça en tête. Qu'il puisse leur arriver quelque chose de grave. Qu'une bagarre générale se déclenche. Les dernières minutes de cette triste parodie sont pitoyables. L'arbitre, tremblotant, désespère de siffler la fin.

Dans le tunnel, alors que les insultes fusent encore, notre ailier Max Bouché perd son self-control et exprime vertement son mécontentement à l'arbitre qui lui retire sa licence : six matches de suspension. Il n'a pas touché un ballon de l'après-midi, dit un seul mot sur le terrain, c'est peut-être le seul joueur à n'avoir pas donné un seul coup de poing, un seul coup de pied, et il se voit privé définitivement de phase finale. Nous reparlerons de cette incroyable sanction.

La vie est ainsi faite : elle est parfois injuste. Au fond de moi, je suis écœuré. Pour la première fois de ma carrière, je pense à arrêter. Mais une petite voix me dit que je ne revivrai plus jamais cela. Plus tard, l'arbitre me confiera qu'un ressort s'est cassé après ce match, le convainquant d'arrêter l'arbitrage.

Sur l'instant, nous ne traînons pas. Nous nous douchons rapidement et boycottons la réception d'après match.

En quittant Mayol par la grande porte, des sifflets nous escortent mais point d'injures comme si les supporters varois font le deuil d'une qualification alors que leur équipe enregistre neuf points d'avance. Dans le car, les mines sont défaites, nous sommes marqués physiquement. Il règne une atmosphère étrange. Ce match que nous venons de perdre suscite chez nous des sentiments contradictoires : de l'abattement, de l'espoir, mais aussi la conviction d'avoir remporté une victoire sur nous-mêmes et sur nos adversaires. Et le fait qu'elle soit laide n'y change rien. Simon, le Juste, est de mon avis et le fait savoir : « Soyez certains d'une chose, aucune équipe jusqu'alors ne s'est comportée, à Toulon, comme nous l'avons fait. Aucune équipe ne leur a tenu tête comme ça. Nous avons déjà gagné le retour. »

Le retour, justement. Les radios s'en donnent à cœur joie. Pas un seul flash sur la bande FM qui n'évoque avec force les incidents du jour, l'ambiance délétère, dramatique. À chaque prise d'antenne, les commentaires sont plus durs les uns que les autres : la Gironde est en ébullition. Certains joueurs profitent même du traditionnel arrêt-pipi pour rassurer leur famille. C'est la queue non pas aux toilettes mais devant la seule cabine téléphonique qui fonctionne.

Tard dans la nuit, à notre arrivée à Musard, nous en mesurons les répercussions : pour la première fois, ils sont quelques dizaines à nous attendre, debout, drapeaux au vent. Ce qui n'est qu'un pressentiment le dimanche devient réalité, le lendemain matin, à la lecture de la presse. Une ville, une population entière se sent, à tort, blessée, voire agressée. Béglais et Bordelais, de concert, se précipitent à Musard. Et le lundi soir, il n'y a plus une seule place au stade.

Bègles, comme Toulon, est très attachée à son club, devenu le symbole de son orgueil. Il ne faut pas y toucher. Pas un seul endroit, un seul moment de la journée, où je ne croise une personne qui m'interpelle, me fait comprendre par un signe, une mimique – pas toujours du meilleur goût –, que nous défendons, ni plus ni moins, l'honneur de Bègles. Deux anecdotes témoignent de la tension qui règne tout autant que de l'état d'esprit.

Le mardi matin, Nadine, mon épouse, m'envoie faire quelques courses. Je me retrouve donc chez le boucher, membre de la fameuse Académie béglaise, quand ma voisine m'interpelle : « Mon petit-fils vient vous voir samedi. Ce n'est pas bien ce qu'ils vous ont fait. Vous savez tordre le cou d'un poulet (elle joint alors le geste à la parole). En plus, ça ne fait aucun bruit ! » me glisse-t-elle avant de finir par un clin d'œil et de commander froidement, dans la foulée, deux escalopes de veau. Un vrai bonheur.

Le mercredi soir, j'ai pris l'habitude de taquiner quelques vieux, fervents supporters qui ne ratent jamais une séance et nous gratifient toujours de commentaires piquants. Or, ce soir-là, l'un d'entre eux, qui se tient un peu à l'écart, s'approche de moi portant sur sa veste une dizaine de médailles de guerre. Il m'interpelle ·

« Monsieur Laporte ?

— Oui.

— Ducap, j'ai sauté sur l'Indochine, si vous avez besoin de moi, je suis là.

— Non, merci, je préfère la “tortue” à la torture, le rugby, ce n’est pas la guerre, nous allons nous débrouiller. »

Ce nouveau comportement, un brin singulier, impose des appels au calme de la part d’André Moga qui veut, à tout prix, éviter toute nouvelle surenchère par presse interposée. La veille du match, je dois encore intervenir, me déplaçant au Radis, notre point de ralliement du midi, afin de rencontrer différents groupes de supporters. Il n’est pas question du moindre débordement. Des promesses sont faites. Elles seront tenues.

André Moga passe son temps au téléphone, rassurant tour à tour le préfet, les deux maires Jacques Chaban-Delmas et Noël Mamère ainsi que le président de la FFR, Albert Ferrasse. Entre la compagnie de CRS, la centaine de policiers et d’agents de sécurité réquisitionnés, les six ou sept délégués et envoyés spéciaux de la FFR, Musard est certainement, en ce samedi, jour de revanche, l’endroit le plus surveillé de France, un camp retranché !

Notre surprise est totale, le samedi matin, à l’instant de rejoindre Musard. En effet, nos supporters se sont passé le mot et, à chaque maison, des drapeaux fleurissent, de quoi donner la chair de poule. Plus loin, vers l’impasse Musard, des dizaines de « tags » hostiles aux Varois.

Si Musard accueille une fois treize mille personnes, et peut-être plus, c’est bien ce jour-là. Lors de notre échauffement, j’aperçois des spectateurs grimpés dans les arbres, d’autres sur le toit de voitures garées là depuis plusieurs jours.

Des centaines de demandes ne peuvent être satisfaites devant les portes du stade.

Toulon a neuf points d’avance, bientôt quinze. Pourtant, à aucun moment, nous ne tremblons. Convaincus de la supériorité de notre mêlée et de la perfection de notre « tortue », nous avançons implacablement, sans croiser le fer.

Nous acquérons la maturité qui nous faisait tant défaut jusqu'alors et ne tombons plus dans de vains règlements de comptes. Cette maturité renforce notre assurance à l'heure de la passation de pouvoir avec Toulon, l'un des packs français les plus craints à cette époque.

Nous revêtons une autre dimension. Nous ne faisons plus seulement peur. À ce moment, la route vers le sacre s'ouvre. Certes, rien n'est simple, mais plus nous avançons, plus notre force et notre esprit de corps s'affermissent. Les adieux à nos adversaires nous réussissent. Après ceux de Daniel Herrero à Toulon, c'est au tour de Philippe Dintrans à Tarbes, puis de Didier Camberabero à Béziers.

Avec ces deux nouveaux succès, je mesure combien le facteur chance est déterminant dans la carrière d'un champion. Or, ces deux succès ne tiennent qu'à un fil. Une obstruction, un rebond favorable devant Tarbes, un ballon qui sort du terrain avant de se voir récupéré et que notre adversaire ajuste un drop qui aurait tout changé (c'est le cas du Biterrois Didier Camberabero qui voit sa réalisation refusée), un essai venu d'ailleurs sur une chistera de Reigt à trois minutes de la fin. À chaque fois, le fil ne casse pas. Le talent mais aussi la chance, insolente. La seule chose dont je suis certain, c'est notre capacité à provoquer celle-ci qui nous accompagne. Nous n'avons ni le temps ni l'envie d'attendre, nous voulons tout, tout de suite ! Cet état d'esprit vient de notre exil commun.

Le soir même de notre victoire en demi-finale au Stadium de Toulouse, j'aborde le sujet avec Armand Vaquerin qui vient me trouver à la fin du match et m'invite à le rejoindre dans un troquet avec les frères Rapetous. Ses yeux pétillent, il me dit que cette chance-là se cultive.

Je passe une soirée formidable et ne peux m'empêcher de lui raconter la farce que nous venons de jouer à Philippe

Gimbert avec la complicité de Serge Simon et Vincent Moscato. Gimbert et Gallart, son adversaire le pilier biterrois, se trouvent en balance pour l'équipe de France. Aussi, dès le jeudi soir précédant la confrontation, j'attaque fort lors du repas : « Tu as vu, Vincent, ce que balance Gallart dans *le Midi libre*? – C'est énorme, répond Vincent du tac au tac, qui ajoute : il faut être fort dans sa tête pour dire ça. » Gimbert, qui refuse d'en savoir plus et d'engager la conversation, se lève et quitte la table. Le lendemain matin, au petit déjeuner, Serge relance : « Gallart à la une, qu'est-ce qu'il envoie ! » Philippe ne bronchant pas, il revient à la charge : « Il faut oser le dire : Gimbert, on connaît son nom depuis que j'ai déclaré forfait en équipe de France. » Philippe se lève, quitte la table et ne reparaît pas de la journée, ni même le soir au dîner.

Samedi, jour du match, au petit déjeuner, Vincent Moscato se place face à Philippe Gimbert et ouvre un journal avant de s'exclamer : « Non, c'est pas vrai, il remet ça ! – Quoi, il reparle de Gimbert ! » renchérit Simon. Là, Philippe, à bout, explose : « Montre-moi ce canard, tu vas voir s'il ne va pas se souvenir de moi, ce Gallart. » Gimbert se lève et quitte l'assistance avec le journal en question, un journal de petites annonces... érotiques. Fou rire général.

Ceci étant, il réalise un grand match. Vaquerin se marre ; je vois dans ses yeux que cela lui rappelle ses histoires vécues avec le grand Béziers. Nous devions boire un coup, nous en éclusons des dizaines ; nous ne devions rester qu'une heure et le jour se lève déjà sur la place du Capitole, à Toulouse, notre futur adversaire.

Serge me dit : « On gagne le Brennus et nous le montrons à ce balcon, chiche ! » C'est tout Serge. La finale, pour certains, ne dure que deux secondes, l'espace d'un regard dans le tunnel du Parc des Princes. Pour d'autres, en revanche, elle dure plus longtemps. Vingt minutes exactement, deux essais coups de boutoir de Moscato et Mougeot, une estampille. Ce soir-là, Toulouse, le boss, n'a pas la taille patron pour nous disputer la couronne.

La journée du sacre est émaillée de petits et grands événements, jamais retranscrits dans la presse. D'abord, sur le coup de midi, la première ligne, ultime pied de nez, décide de se raser le crâne après avoir imaginé conserver une touffe de cheveux. Le phénomène de tonte avait débuté lors des huitièmes de finale contre Toulon, Simon coupant alors ses « pattes ».

À deux heures du coup d'envoi, il se trouve à l'extérieur du Parc des Princes avec Vincent qui attend des potes de Gaillac et Bordeaux. L'un deux négocie un billet car il leur manque une place. Le vendeur ne lâche rien avant de lui faire 50 % contre une signature. Les supporters des deux camps, ébahis, n'en croient pas leurs yeux.

Je vais les chercher, car nous ne pouvons débuter sans eux.

Nous obtenons le vestiaire du XV de France, première défaite psychologique pour le Stade Toulousain qui semble en être chagriné : c'est la première fois qu'il leur échappe. Comme un signe. Le concierge du Parc des Princes ne retrouvant pas la clef de la salle d'échauffement, je prends l'affaire en main et nous nous échauffons dans le parking. C'est là que se produit l'accident. Dans la ligne droite, en accélérant, je ressens une pointe comme un coup de poignard. La pire minute. Je n'ose même plus poser le pied par terre de peur que le verdict ne soit immédiat. Je jette un regard à Simon qui saisit tout de suite qu'il se passe quelque chose d'anormal. Il me fait comprendre en retour qu'il n'est pas question que j'abandonne maintenant. Je regagne donc le vestiaire. Ça me tiraille derrière la cuisse. Un petit point.

J'imagine que tout s'écroule et en mon for intérieur, l'espace d'une minute, je déclare forfait! Nous sommes à une demi-heure du coup d'envoi. En deux minutes, je tranche. Simon est là, nous fonçons, ça passe ou ça casse. Et ça passe...

Je ne sais pas si nous nous rendons compte, à cet instant-là, de ce que nous déclenchons : quinze mille Bordelais en transe dans un Parc des Princes bleu, les larmes d'André Moga et de tous ces anciens dont nous ne connaissons même pas les noms. Je me surprends à faire des cabrioles comme un gamin sur toute la longueur du terrain, ce qui ne doit pas manquer de faire sourire mon premier professeur d'EPS de Gaillac, moi qui suis souple comme un verre de lampe.

Mes pitreries finies, je me précipite au bas de la tribune officielle.

Quarante-sept marches à gravir. Je les compte une à une. À chaque marche, un pan de ma vie défile. Mon petit vélo vert, mes souffrances, mes pleurs, ma première culbute à vélo dans le fossé, Sam Revailler K.-O., ce cochon de cochon et ses hurlements. Je monte encore... mes premières baskets à liséré orange, ma première défaite à Carmaux qui me rend inconsolable quatre heures durant, ma première rencontre avec Vincent, le faux dur au cœur tendre, ce frère qui est là, à mes côtés, cet autre de chez moi, Alibert, nos premières virées en 104 Peugeot, ma première cuite au Martini rouge pour percer les secrets du neuf de Gaillac, la mort tragique de Pierre Maysou, mon accident de voiture et la voix cassante de ce médecin briseur de rêves qui m'annonce la fin du rugby comme on annonce à un gosse de quatre ans qu'il ne pourra plus jamais jouer au ballon, avec ses copains.

Je poursuis l'ascension... c'est qu'ils sont tout là-haut, Mitterrand et ce Monsieur Brennus. Je cherche Nadine du regard et je tombe sur Armand Vaquerin, mon invité. Incroyable! c'est moi qui invite Vaquerin, celui-là même que je bade et regarde, dix ans durant, monter à la tribune alors que je suis assis dans mon fauteuil. La vie est une drôle d'affaire. Aujourd'hui, c'est lui qui est dans l'anonymat ou presque et c'est moi qui gravis les marches. Pourtant, il fera toujours partie de mes idoles parmi lesquelles trônent Astre, Cabrol, Paco, Palmié... Cela date de ma première virée en Alfa Romeo. Nous étions tellement heureux, ce jour-là, avec Vincent.

Je monte toujours... Albi maintenant, le lycée Rascol, ces journées de pénitence, ces nuits d'ennui, Grenoble, son bowling, ce train froid, si froid dans lequel je pleure si souvent le dimanche soir, au départ de Gaillac, ma rencontre avec André Moga, le maître à penser, et celle avec Serge Simon, grand aventurier, la détresse et les larmes de Max Bouché non coupable, le seul suspendu de ce mauvais western à Toulon. J'y suis enfin. François Mitterrand est là, devant moi, il m'attend.

Cette fois, j'en suis sûr, mon père pleure comme il y a huit ans lorsqu'il m'amène sur le quai de la gare de Gaillac avec Vincent, et que je quitte définitivement la maison. Je l'imagine fier de voir son fils soulever le Brennus mais surtout converser avec le président de la République, qui est le plus enthousiaste de ses fans.

Mon corps, comme électrisé, soulève le bouclier que je présente au peuple bordelais. C'est une deuxième naissance. J'aperçois Armand Vaquerin au bas de la tribune qu'un vigile zélé, ne le reconnaissant pas, empêche de me rejoindre jusqu'à ce que l'un de ses collègues n'intervienne et lui assène : « T'es fou ! c'est Monsieur Vaquerin de Béziers, il est ici chez lui. » Il rentre alors avec moi dans le vestiaire, s'assoit entre Serge et Vincent, qu'il embrasse. Je n'oublierai jamais cette image. Vaquerin est bien avec nous. Il pleure et touche maintenant ce bouclier comme si c'était la première fois. Il est aux anges. Aux anges, lui qui l'a gagné dix fois ! Sa joie, ses larmes, je crois que c'est à cet instant précis que le gringalet de Gaillac que j'étais réalise tout le chemin parcouru. Notre arrivée, en TGV, en gare Saint-Jean de Bordeaux, dépasse l'entendement. C'est irréel. Comme une vague du Pacifique, une marée humaine, des milliers de personnes nous portent aux nues jusqu'à la mairie de Bègles où Noël Mamère a choisi le bon moment pour se faire élire.

De mes deux mois de fête, je garde le souvenir d'une première semaine poignante. Peut-être plus forte que la finale.

Je ne rentre pas chez moi. Nous ne nous séparons plus, tels des frères siamois. Nous sommes dans notre monde. Le lundi midi, nous nous donnons en spectacle chez Jacky Jammeau, propriétaire d'une petite baraque de soixante mètres carrés à l'intérieur de Musard. L'endroit est magique, il s'en dégage une drôle d'atmosphère avec ces petites tables en bois, ce vieux zinc branlant, il y a même un perroquet. On se croirait au Portugal, fin XVIe siècle, dans un repaire de corsaires.

Quelques-uns de nos vieux supporters, qui y jouent tous les après-midi aux cartes ou aux dés, avalant une drôle de mixture rose, sont de ceux-là. Ce jour-là, ils se trouvent aux premières loges. Il fait une telle chaleur que nous servons tous en culotte ! Des centaines d'individus se pressent sur le seuil dans l'attente d'une bonne mousse et de quelques pitreries. En fin d'après-midi, nous rejoignons en cortège la Victoire, où se trouvent quelques milliers de personnes qui nous sacrent, le verre levé. Nous entamons la tournée des bars, le Brennus attaché sur le dos de notre première ligne. À un moment donné, c'est de la démence. Marc Sallefranque parvient à se faufiler jusqu'au comptoir d'un établissement sur lequel il monte. Il veut se jeter dans la foule de supporters. Mais il glisse, perd l'équilibre et se fend la moitié du crâne sur le carrelage. Nous avons très peur. Nous ne sommes que lundi soir et, déjà, Sallefranque, cuir chevelu et paupière recousus à la hâte, l'œil définitivement clos, est forfait pour la finale du du-Manoir. Yves Appriou, à juste titre, se fait du souci.

Le mardi, nous visitons les cités de Bègles : Thorez, Lénine, Gagarine. Il règne une ambiance incroyable dans les cages d'escalier, tout le monde nous applaudit. Mais nous n'irons pas au bout, c'est trop dur, il y a trop d'escaliers à monter avec le trophée. Je suis particulièrement touché d'apercevoir, dans la salle de jeu d'une cité, mon portrait et celui des Rapetous à côté de celui de Michel Platini. Platini et moi, c'est fou !

Le mercredi, nous faisons le tour d'Arcachon, La Teste, Biscarrosse. Comme il devient urgent de réparer le bouclier, en traversant un petit village de la Gironde, Vincent et moi-même décidons de nous arrêter chez un carrossier-zingueur, établi au fond d'une impasse. Un homme âgé, cigarette au bec, sort du garage. L'air pas franchement rassuré. Nos têtes ne lui reviennent pas. Il faut avouer qu'avec le crâne rasé de Vincent, nos gueules recousues, nos mines défaites, mâchées par cinq jours de fête non stop ; pas rasés ou presque, nous n'inspirons pas vraiment confiance. En outre, nous nous trimballons dans une voiture cabossée. « C'est pour le pare-chocs ? » nous lance-t-il, circonspect. « Non, c'est pour le bouclier qui a besoin d'un tour de vis. Vous pouvez nous aider ? » Il nous regarde, l'œil plus noir : « Vous ne l'avez pas volé au moins ? » Vincent s'empresse de rétorquer : « Non, nous l'avons gagné. Nous sommes champions de rugby. »

Et le garagiste de se détendre enfin : « Le rugby, je connais pas. À part la chasse et le tir aux pigeons... » Nous n'insistons pas, il nous le rafistole et nous filons.

Le jeudi soir, avec mes frères de cœur, nous prenons la route de Toulouse pour une première mise au vert. Le lendemain, nous sommes attendus par le reste de l'équipe à Béziers. Par respect pour nos amis toulousains, nous n'emmenons pas le Brennus. Autre soirée qui fera date : nous terminons notre repas dans l'un des endroits les plus branchés de la ville avec des steaks sur la tête ! Puis, nous retrouvons quelques joueurs toulousains chez le « flic », Philippe Rougé-Thomas, qui nous organise une petite virée de derrière les fagots. Un moment fort. Moscato et Soula, qui sont potes, peuvent enfin s'échanger leur maillot de la finale, n'ayant pas eu le temps de le faire, une semaine plus tôt, sur le terrain du Parc des Princes. C'est marrant de les voir, bras dessus, bras dessous, chacun portant le maillot de l'autre. Comme une forme de respect entre eux, entre nous. À l'aube, nous finissons sur un banc, face au Capitole.

Là, nous délirons de quelques bonnes vieilles histoires devant des éboueurs sidérés qui nous font signer des autographes sur les poubelles !

Avec le recul, je regrette de ne pas avoir été plus sérieux, ainsi nous aurions pu réaliser le doublé. Mais Narbonne nous défait en du-Manoir par 13 à 12. Pour la petite histoire, je n'oublie pas une dernière « tortue » sur la place de la Victoire, à l'aube d'une énième fête. Nous confions le bouclier à trois clochards qui doivent encore se demander à quoi peut bien servir ce bout de bois et qui, sur l'instant, croient au départ d'une bagarre générale. Un coup à gauche, un coup à droite. Nous nous enfonçons lentement mais sûrement sur la place que nous traversons tel un crabe... Couche-tard ou lève-tôt ébahis n'en croient... Certains, qui nous ont reconnus, tournent tout autour de nous, en klaxonnant à fond... joie partagée. Le jour se lève à peine sur Bordeaux et cette tortue-là restera à jamais la nôtre

Peur sur la ville

Je ne croyais pas pouvoir appartenir à un groupe possédant une telle force de caractère ni surtout le diriger un jour.

Cet atout tient essentiellement au fait que nous nous appuyons sur des hommes, dont quelques caractériels, qui possèdent les mêmes aspirations, les mêmes rêves. Il suffit que l'un d'entre nous décide, sur-le-champ, de gravir le mont Ventoux, pour que, aussitôt, les autres suivent sans se poser la moindre question. Nos forces ne s'additionnent pas, elles se multiplient. Nous avons réussi à développer un mental à toute épreuve. Nous savons en jouer, le faire fructifier. Parfois, nous allons trop loin, nous nous montrons excessifs, voire très cons. Mais c'est aussi notre force. Nous savons que nous inspirons la crainte. Et plus l'enjeu est difficile, plus nous sommes attendus, plus nous nous sentons invincibles. C'est jouissif.

À Musard notamment, je conserve des souvenirs inoubliables d'adversaires livides, ainsi de cette histoire qui me fait encore sourire. Passant à proximité du vestiaire adverse pour rejoindre l'échauffement, je lâche haut et fort : « Nous sommes prêts, nous ne lâcherons rien », pour que la porte, jusque-là entrebâillée, se referme instantanément, barricade hérissée.

Point de moquerie dans cette anecdote, d'abord parce que j'ai trop de respect pour tous ces gens qu'il m'arrive encore de croiser, ensuite car il me suffit de me regarder pour constater, en toute lucidité, que je n'ai pas grand-chose d'impressionnant. Mes propos cherchent simplement à rendre compte d'un phénomène qui s'est développé, puis amplifié. Ainsi, on n'imagine pas, aujourd'hui, les Blacks ou les Australiens terrifiés à la simple idée de croiser d'autres joueurs d'autres nations. Ce qui m'intéresse, c'est cette symbiose mentale, surhumaine.

Le jeudi précédant notre finale contre Toulouse, alors que le rendez-vous pour rejoindre la capitale était fixé au lendemain matin, Serge Simon me demande de passer la soirée chez lui et de rester. Je dors chez lui, dans le même lit. C'est dérisoire, mais cela veut dire beaucoup. Et lorsque je prends le risque d'affirmer dans les colonnes de *Midi Olympique*, quinze jours auparavant, que nous ne perdrons pas la finale, il n'y a là aucune prétention de ma part, simplement la certitude de la force et de la sérénité qui nous habitent. J'en parle à Armand Vaquerin qui m'apprend qu'il en était de même pour le grand Béziers de l'époque. Toulouse aussi a dû connaître ça.

Quant aux « Rapetous », ils sont nés sur un coup de tête, d'un serment prêté lors d'un petit déjeuner. Ce jour-là, nous décidons que rien ni personne ne nous arrêtera comme les gardiens d'un temple, ciment d'une puissance obscure. Le terme émane, semble-t-il, de « l'Académie », référence à leur façon de confisquer le ballon ; ils sortent tout droit, en fait, des studios de Walt Disney dans une bande dessinée qui a vu le jour en 1951 : trois durs, les « Beagle Boys » avec matricule et masque qui cherchent en permanence à piller... le richissime Picsou. Les nôtres thésaurisent le ballon.

Les médias s'en emparent par la suite.

Notre gang à nous est constitué de Serge Simon, Vincent Moscato et Philippe Gimbert. Laurent Vergé, le plus doué de tous, parfois invité à siéger à table, était le quatrième larron. Serge Simon est le meneur, la force motrice, Vincent Moscato, éternel gaffeur, symbolise la puissance, la passion et Philippe Gimbert, le cartésien, le bosseur.

Je ne rencontrerai jamais plus un joueur de la trempe de Serge Simon. Il est de ceux qui vous font découvrir véritablement les profondeurs de l'être. Je ne sais pas si le mot « peur » signifie quelque chose pour lui. Je crois plutôt, pour l'avoir longuement observé, qu'il possède cette capacité de l'affronter, de la défier, comme pour mieux l'appréhender, l'apprivoiser.

Une fois durant toute une semaine, je lui rebats les oreilles avec un pilier international sud-africain, gros comme une malle et futur adversaire du week-end. À l'heure du match, pas de Serge. Il arrive en retard de l'hôpital, en blouse blanche. Il nous rejoint à l'échauffement en chaussettes. Je lui dis : « Serge, va te changer, tu ne peux pas jouer comme ça. » Il se retourne et me lance alors : « Ton Sud-Africain, je vais m'en payer une bonne tranche en chaussettes de ville. » Quatre-vingts minutes durant, il joue, pousse, se déplace sur le terrain en chaussettes, sans protège-tibias, ni autre protection, « tordant » ce pauvre pilier sud-africain, lui cuirassé de toutes parts, stupéfait de sa virulence. Une autre fois, c'est Vincent qui s'attache le bras gauche derrière la tête, ne gardant qu'un bras libre pour lancer le ballon. Il s'échauffe ainsi pendant vingt minutes... De telles attitudes frappent.

Dans le même registre, Philippe Dintrans m'avouera qu'il a trouvé la plupart de ses coéquipiers « distraits » lors de son dernier discours en quart de finale à Agen, des joueurs ayant été surpris par notre arrivée, les crânes ceints d'un bandana. Christian Gajan confirmera aussi, lors des deux finales, une certaine retenue psychologique et physique des Toulousains à l'instant de croiser le fer.

Nous comprenons l'intérêt de la manœuvre lors du huitième aller, perdu contre l'ASM en 1990, à Clermont-Ferrand.

Ce jour-là, devant les caméras de France 2 et toute la France du rugby, nous perdons notre sang-froid. Vincent, notamment, est expulsé. Ne voulant pas quitter le terrain, il harangue la foule ; quelques heurts et incidents s'ensuivent. Aux yeux de tous, nous passons pour des voyous. Nous sommes jeunes, rebelles, atypiques ; nous en voulons à la terre entière. C'est notre façon, sûrement maladroite, d'exister, de communiquer. Tous les regards convergent vers nous. Nous suscitons maintes critiques, parfois même la haine.

Je n'apprécie pas particulièrement cette période béglaise, voire cette « peur » exagérée que nous provoquons car je ne me réalise pas dans le conflit. Mais à ce moment-là si je laisse faire mes comparses seulement pour nous, c'est notre processus de mise à feu.

Les années noires

« Dans cinquante ans, nous nous aimerons encore. » Depuis l'antre du Parc des Princes, je me laisse aller à cette confidence. L'image est en moi, ancrée : le Brennus par terre, nous tous autour, enchaînés. Ce soir-là, je ne vois pas le mal. De toute façon, je ne vois jamais le mal.

La descente aux enfers de Bègles débute le soir de cette finale, le soir du sacre. Une seule raison à cela : nous venons d'atteindre notre but suprême, celui-là même qui, depuis quatre ans maintenant, nous guide et nous transcende. Désormais, les intérêts individuels prennent le dessus, au détriment du dessein collectif. En termes de management, cela revient tout simplement à affirmer qu'il n'y a plus d'équipe ! Curieusement, à cette époque, j'abandonne mes lectures de série noire pour m'intéresser à un ouvrage édité par un physicien norvégien, prix Nobel, manière d'impressionner Serge Simon qui nous serine avec Kundera. Il a une jolie formule : « La transformation de la masse est due à quelques cellules atypiques qui créent cette transformation. C'est exactement la même chose chez les hommes ! »

Notre première ligne représente ces cellules, celles qui mènent à la transformation, en trois ans, d'une formation sans âme de deuxième niveau à la trente-cinquième place du rugby français, en une équipe première, vingt-deux ans après le dernier titre du club. Bien sûr, les « Rapetous » ne sont pas seuls responsables de cette réussite, mais ce sont eux qui créent cette dynamique. Or, le soir du sacre, certains regards trahissent déjà notre futur désamour.

Sur l'instant, je ne le ressens pas. Comment pourrais-je m'en douter ? Je ne le comprendrai que bien plus tard.

Ils sont quelques-uns à ne plus accepter l'ombre médiatique d'une première ligne qui s'affiche partout, capitalise, parfois involontairement, les satisfecit. Ainsi, bien avant le sacre mais plus encore après, maintes critiques, souvent excessives, s'abattent sur la première ligne, devenue le paratonnerre du CABBG.

Sa capacité à faire front, sa réactivité, qualités peu communes, excitent les jalousies. Ceux qui réclament plus de reconnaissance prennent alors la décision de réduire considérablement la portée de cette entité. Ce qui revient, ni plus ni moins, à l'éliminer sans réellement préjuger des conséquences qui en découleront sur le rendement et l'avenir du club.

Je me remémore les propos d'André Moga quand il m'énonçait, voici trois ans maintenant : « Tu vois, ma poule, la vie, les affaires, c'est comme sur un bateau, il faut un commandant, un capitaine, des quartiers-maîtres, des hommes-grenouilles, des hommes de combat mais, surtout, veiller à maintenir cet équilibre, car si le nageur de combat se prend pour un spécialiste de l'écoute et si le quartier-maître devient commandant, alors ton bateau, ma poule, ne sortira jamais du port d'Arcachon. »

Il y a toujours eu des problèmes, mais, ceux-là, André ne peut les régler faute de temps. La descente aux enfers de Bègles n'est pas due aux dissensions entre joueurs mais à la maladie et la mort d'André. Je l'appelle, pour la première fois, André, car si M. Moga avait été là, en pleine possession de ses moyens, rien de tout ce qui va suivre ne serait arrivé, ça, j'en suis persuadé.

La dégradation de nos relations n'est pas immédiate, ce qui rend la déchirure plus cruelle à vivre. Je décèle cette fracture, un peu plus chaque jour, dans l'attitude des joueurs. Des clans se forment ; retards et absences deviennent une habitude au moment des repas. Est-ce la fin de notre « transat » en amoureux ? Les déboires des « Rapetous », intronisés, puis rejetés du XV de France, dans un contexte si particulier, sonnent-ils le glas de cette épopée ? Nous ne sommes plus intouchables. C'est un drôle de sentiment, pour tous ceux qui croient l'avoir été. Illusion perdue.

Sans le savoir, Thierry Ponel nous assène le coup de grâce sportif, le 26 avril 1992. C'est moins notre élimination en seizième de finale contre Chalon (19 à 18) qui me déçoit, que toutes ces réactions en chaîne qui laissent des traces indélébiles. Ce jour-là, à Tulle, je crois volontiers que l'ouvreur bourguignon est le messager du diable. Il a trempé sa chaussure dans la marmite. À chaque coup de pied, j'ai l'impression qu'il décroche la lune ! Par trois fois, il nous poignarde de 49, 59 puis 61 mètres, au bout d'interminables arrêts de jeu.

Ce qui me chagrine le plus, c'est que je suis certain que si nous avions récupéré tous nos absents – dont Moscato, Gimbert, deux des « Rapetous », Frenzel et d'autres –, nous aurions été capables d'un retour de flamme. Au lieu de ça, la bassesse de certaines attaques me désole au plus haut point. Après des récriminations à l'encontre de la première ligne, jugée trop payée, voilà que certains se plaignent ouvertement que Vincent Moscato tient, parfois, des propos déplacés envers ses coéquipiers ! En la circonstance, le capitaine que je suis n'a pas le souvenir de tels dérapages et je ne vois pas d'accusation aussi grave. J'imagine alors que cela s'inscrit dans une volonté de nuire, d'en découdre en coulisse, non pas sur le terrain, non contre nos adversaires, mais contre nous-mêmes.

Aussi, quand, dans un premier temps, Vincent se trouve suspendu pour deux mois à la mi-septembre par Yves Appriou, je réagis d'abord en capitaine et puis comme son frère de cœur. Je pars, je me sanctionne. Je ne peux concevoir entre nous ce mépris, cette haine, ce manque de respect sous-tendus par de tels agissements. Je sais pertinemment que d'autres essaient et essaieront encore de nous accuser de mille maux pour prendre un nouveau départ, un nouveau pouvoir, Serge Simon lui-même. Ce n'est pas le plus grave.

Je suis empreint de tristesse, marqué par cette trahison. Comment peuvent-ils oublier ? Comment peuvent-ils faire preuve d'aussi peu de considération ? C'est une des périodes les plus sombres de ma vie. J'habite à une centaine de mètres du stade, dans une maison mise à ma disposition par EDF. Nous vivons au premier étage et, du salon, j'aperçois l'éclairage de Musard, celui du terrain d'entraînement, ce vrai bourbier de cour de ferme dans lequel nous nous précipitions avec ferveur et délectation, où je les vois maintenant courir. C'est dramatique.

Le soir, à table, je ne dis pas un mot, tente de faire bonne figure pour mes enfants, Baptiste et Marine.

J'attends, tout simplement. Il est près de vingt-trois heures, le programme télé se termine en même temps que l'entraînement. D'ordinaire, le pyjama est la tenue réglementaire, mais je porte toujours mon survêtement. Je fonce courir une heure à Musard. Moi, Bernard Laporte, capitaine de Bègles champion de France 1991, treize mois plus tard, j'entre dans Musard, de nuit et en cachette pour qu'on ne me surprenne pas. Une belle leçon de vie. Je pleure de rage aussi. Parfois, je suis dans l'obligation d'attendre, de m'arrêter pour laisser filer d'anciens partenaires, ceux-là mêmes avec lesquels nous avions construit la plus belle aventure humaine. Cet épisode m'endurcit. Très souvent je cours seul, dans les rues, en larmes.

Un après-midi de fin novembre, Daniel Dubois, l'ancien capitaine des champions de France de 1969, fidèle lieutenant d'André Moga, me rend visite. Il est en mission. Sans être certain de ma réponse, il vient m'informer que M. Moga, très diminué et souffrant d'une grave maladie, souhaite que je me rende à son domicile. Je ne m'y rends pas, j'accours. Je sais que la maladie gagne du terrain et que, déjà, il n'a plus tout à fait la force physique, décisionnelle pour trancher ce différend interne. Ces jours-ci, il m'arrive même de pester contre lui.

C'est la troisième fois que je vais chez lui, mais aussi la dernière. Il habite une belle maison bourgeoise, dans le centre-ville bordelais, rue Jean-Mermoz, à deux pas du marché couvert des Capucins. Daniel Dubois m'accompagne. Dès que je pénètre dans sa chambre, je mesure, à son regard, combien il est heureux de ma présence. Il me prend la main qu'il ne lâchera plus et me dit ceci : « Bernard, tu reviens. À la fin de l'année, tu va chercher Guy Accoceberry à Tyrosse, tu l'installes, tu le couves et tu reprends l'entraînement. Il n'y a que toi pour le faire. » Il y aura d'autres mots, touchants, poignants, une autre phrase, trop lourde peut-être...

Ce sera notre secret, celui qui nous unit pour l'éternité maintenant, puisque Daniel, qui n'a pas tout entendu, partira, lui aussi, un peu plus tard. Je ne reste qu'une dizaine de minutes.

J'ai vingt-huit ans alors et ce n'est pas la première fois que je suis confronté à la mort. Mais, je n'oublierai jamais son regard, ses larmes de joie, surtout d'adieux, ses ongles pénétrant ma chair. Lorsque je sors de cette entrevue, je suis anéanti. Mes veines sont glacées et le vent me traverse.

De ses obsèques, le 26 décembre 1992, je garde deux images extrêmement fortes : l'entrée du cercueil recouvert de son maillot à damier frappé du numéro quatre, porté par nos huit avants, très émus, dont Vincent, et le discours solennel, mais lourd de sens, de cet autre grand homme qu'était Jacques Chaban-Delmas, son frère d'armes, de jeu et de politique, qui à demi-mot et d'une voix tremblante ne lui dit pas adieu, mais à très bientôt. Son départ pour un autre terrain de jeu nous permet de nous retrouver, à défaut de nous recomposer.

Comme un dernier geste d'amour, je remets ça dès janvier. Les retrouvailles avec Serge Simon, cette fois-ci, sont franches, sans ambiguïté. Six mois durant, nous ferons « comme si » avec les autres. Les résultats sont bons, parfois même excellents tels que ces succès à Toulouse (16 à 10) et à l'ASM (23 à 12), lors de l'ultime journée, mais la défaite, la semaine précédente devant Toulon à Musard (13 à 9), pour la der d'Yves Appriou, sonne notre glas.

Ultime signe du destin. Nous avons entamé notre ascension contre Toulon, deux ans plus tôt, et voilà que ce même club nous crucifie par deux fois, en nous battant d'abord à Musard, puis en perdant la semaine suivante devant Toulouse, à Mayol (25 à 20), réduisant à néant notre succès à Clermont-Ferrand et permettant ainsi à Toulouse de se qualifier devant nous. Le retour de Montferrand s'avère difficile. Yves Appriou, très ému lors du traditionnel discours, perçoit la cassure, la scission. D'un côté, les Geneste, Gimbert, Lafond, Laporte, Moscato, Reigt, Simon, Techoueyres, Vergé ; de l'autre les Alibert, Berthozat, Conchy, Courtiols, Frenzel, Mougeot. Malgré tout ce qui suit, je certifie que nous étions aptes à être champions de France, cette année-là. Il nous a manqué un match et nous allions au bout. Là, nous sommes allés au bout de la bêtise.

Six ans après, je me retrouve à nouveau devant les grilles fermées de Musard, cette fois-ci c'est pour en sortir. La veille de notre convocation et de notre éviction du club, je crois encore que nous demeurerons en place, que la volonté d'André sera respectée. Alain Moga, avec lequel je converse, me dit même : « Comment penses-tu qu'on va repartir ? »

Nous repartons à poil ! Bègles continue sans nous. Victoire de l'ombre sur la lumière, celle de crânes rasés...

Serge Simon, jamais à court d'images, clame : « C'est l'apologie de l'anonymat. » Alain, Michel, Alban – les trois fils d'André, celui qui m'a fait en grande partie – me « tuent » par leur choix.

Dix ans plus tard, je crois qu'ils se sont trompés. Que sont devenus tous ceux qui nous ont écartés ? Quelle carrière ont-il menée après ça ? Aucune forfanterie, moquerie ou revanche dans mes propos, seulement cette inaltérable certitude d'affirmer que pour développer un projet, il faut dégager de la passion. Après, tout est affaire de dosages, d'équilibrages. Sans certaines qualités rares qui font les hommes vrais, ces cellules atypiques, point de salut !

Je ne peux m'empêcher de penser à la façon dont nous, les hommes, nous déclenchons les haines pour si peu de chose. Quelle belle connerie ! Je ne crois pas que la jalousie et la méchanceté soient une réponse appropriée à nos différences, nos erreurs, nos errances du passé. Nous nous sommes créé tout seuls les problèmes. Nous n'avons eu que ce que nous méritions. Après, la vie se charge de remettre les choses à leur place.

Comme j'habite Biscarrosse, il m'arrive encore de croiser André Berthozat. Je converse avec lui comme si de rien n'était. Voilà que nous nous parlons aujourd'hui, alors que nous aurions dû le faire dix ans auparavant. De même, j'embrasse les frères Moga lorsque je les vois. Je n'oublie pas qu'ils ont beaucoup payé de leur personne et de leurs deniers pour maintenir ce club en vie. Celui d'André Moga, pour l'éternité, ce grand monsieur qui, par deux fois, est venu me chercher dans mon village. Chaque fois que je monte au premier étage de Musard et que je vois sa photo, j'ai les larmes aux yeux. Ainsi, plus tard, quand les Moga me solliciteront pour aider le club en proie à des difficultés financières je répondrai présent, j'assumerai ma part, parmi d'autres, de façon conséquente. Je n'ai aucun regret. Dans la vie, le minimum de respect et de reconnaissance est dû à ceux qui t'ont fait. Comme un devoir de mémoire. Pour Gaillac, Bègles et Paris.

SBUC : vingt-neuf ans et j'entraîne

Le Stade Bordelais est une formidable parenthèse de deux ans dans ma vie bordelaise. Les conditions de notre arrivée sont rocambolesques. À partir du moment où nous décidons qu'il est hors de question de quitter Bordeaux et de nous séparer (Grenoble convoite alors Gimbert, Moscato et Reigt tandis qu'Agen lorgne Techoueyres), l'option du Stade Bordelais s'impose tout naturellement.

C'est parti. Chez moi, tous les soirs, nous dressons des barricades, refaisons Mai 68 ! Instants magiques où se mêlent passion, ferveur, où fusent les idées. Je revis les années Bègles, les belles. D'abord cinq, nous finirons dix, quinze, puis vingt dans un salon qui devient trop exigu, envahi par la fumée. Ce qui, pour des sportifs de haut niveau, a le don de me mettre en pétard. Sont présents Vincent, Philippe, Christophe, William : tous les chefs historiques de notre rébellion.

Des heures durant, nous évaluons nos forces mais surtout nos faiblesses, tissons nos réseaux d'influence, comptons nos voix, nos amis et nos joueurs sans oublier d'évoquer Bègles, histoire de faire monter la pression, sanguine cette fois. Nadine, de temps à autre, découvre le matin à son réveil un salon au mobilier chamboulé suite à une dernière mêlée. Parfois, je les laisse s'entre-déchirer, juste le temps d'aller contempler mes enfants, les écouter respirer, après quoi je repars gonflé à bloc. Bien souvent, tout ça finit dans le jardin par un petit match à toucher. Quoi de plus normal ! à cinq heures du matin...

À nos yeux, le Stade Bordelais possède deux qualités essentielles : d'une part, c'est « l'ennemi » historique de Bègles ; d'autre part, il tient son rang en première division. Cependant, tout est à penser, à construire. En quelques jours seulement, nous passons des lumières de Bègles à la vie sans fard ni éclairage du SBUC. À la périphérie des grands boulevards, cinq kilomètres au plus séparent les communes de Bègles et du Bouscat. Mais en réalité, tout sépare le Bègles de Moga, puissant, à la culture enracinée d'ouvriers et maraîchers, et le Stade Bordelais, premier club de Bordeaux, terreur de la Belle Époque (sept Brennus entre 1899 et 1911) avec ses équipes très bcbg, issues des lycées chics Grand Lebrun et Tivoli. À ses grandes heures de gloire, le capitaine se nommait Pascal... Laporte !

Tout comme moi, il a été champion de France (lui, sept fois !) mais jamais international. Plus tard, il eut un stade à son nom à Nantes où il finit sa vie. Plus tard aussi, on me fera le même honneur à Gaillac et Cadaujac, commune limitrophe de Bègles. Cet ancien club, grand bourgeois « déshérité » contraint de vendre ses installations à la mairie de Bordeaux pour survivre, et qui rêve de redevenir le plus grand.

De même tout oppose Musard – l'antre, avec ses « fantômes », ses tribunes dont le souffle de la passion vous étreint – et Sainte-Germaine, gentillet, coquet, au passé mythique. Quand on s'y rend pour la première fois, on a du mal à imaginer qu'il a pu être le théâtre de deux événements majeurs du début du XXe siècle : les premiers France-Afrique du Sud en rugby et France-Espagne en foot. Tout ça me semble bien loin. Le stade est découvert ; là, point de rangées de peupliers pour cerner nos adversaires et deux Bordelais sur dix avouent ne pas connaître le lieu ; d'ailleurs, ils ne sont que trois cents par match en moyenne à s'y rendre.

Le Stade Bordelais cherche une identité ; nous cherchons une revanche sur le sort : le mariage est consommé. Et, il s'en faut de peu que la noce soit belle, très belle même. Le marié n'est pas assez fortuné, c'est tout. Durant deux ans, dans le vieux car qui nous trimballe et qu'il faut laisser chauffer vingt bonnes minutes pour qu'il trouve sa vitesse de croisière, se côtoieront des personnes issues de mondes et de cultures diamétralement opposés. De drôles de découvertes telles que celles de Jean Trillo, ancien centre international, frère siamois de Jo Maso, ancien coentraîneur du XV de France, grand libertin, fervent partisan de l'attaque, qui passe des nuits entières à expliquer le jeu, au moyen de verres, à des attaquants assoiffés qui ne pensent qu'à les vider. Parfois, il se met à l'écart et sourit, heureux, libre. Je crois que nous lui rappelons ses années 1960.

À tout juste vingt-neuf ans, je me trouve propulsé entraîneur des avants, capitaine-joueur, et accessoirement manager-porteur d'eau ! Jean, quant à lui, veille sur la pharmacie. Avant 1991, à l'évocation du recrutement, André Moga avait coutume de dire à Bègles : « Nous ne donnons pas de poissons, nous apprenons à le pêcher. » C'est encore plus vrai au SBUC, où le seul gros poisson est notre surprenant flanker-talonneur interchangeable, Michel Plassot, marin-pêcheur du Cap-Ferret surnommé « le buffle » pour sa crinière et sa façon d'encorner tous ses adversaires. Une bonne pioche.

Et les autres, quels sont-ils ? Abderramane Agueb, notre « Bourvil », aussi bon guerrier qu'imitateur, assure l'animation durant nos déplacements. Il a trente voix dans sa poche... ventrale. Viennent ensuite : Laurent Hairabétian, son sourire d'ange, son look de chanteur des Rolling Stones, complètement égaré à Tulle ; nos deux Agenais refoulés, exilés ; Laurent Cassio, le seul crâne rasé que nous ayons, accepté derrière – et pour cause, il est chauve –, seul capable de reproduire, sur le terrain et sans échapper le ballon, les tours de passe-passe de l'ami Jean ; Grégory Sudre, venu sur un coup de tête, demi de mêlée au caractère bien trempé, un « tignous » au courage inégalable qui, plus tard, fera la paire avec une autre de nos trouvailles : Christophe Laussucq et son brushing de jeune premier. Un caractériel lui aussi. Enfin, Max Bouché, garçon de café à ses heures perdues, redoutable joueur de poker, le seul à avoir été privé du Brennus en 1991 et qui, par dégoût, dépit ou solitude, se remet de cette terrible suspension en rejoignant la section athlétisme du SBUC, histoire de débuter une autre carrière, sur cent mètres celle-là, avec son chrono à 11 secondes 7 dizièmes.

D'autres occuperont la place. De joyeux drilles, pour la plupart des gueules d'étudiants. Une sacrée bande que celle des Franchini, Sentenac, Rivet, Amina, Bonhur, Bagatte qui éclosent tels des bourgeons sous la férule de Roland Lafond. Cet homme aux allures de gladiateur romain est notre « Cigagna », référence faite au grand numéro huit du Stade Toulousain que l'on surnomme « Matabiau », du nom de la gare toulousaine, lui qui trie tous les ballons... Mais à Sainte-Germaine, point de gare, nous gardons les ballons au cœur de notre « tortue ».

Durant ces deux ans passés au SBUC, je n'ai qu'un seul regret : l'absence de Serge Simon. Il nous rejoint après avoir suivi Yves Appriou à Mérignac. Malheureusement, parce que Serge avait assené un coup de poing vengeur à un Toulousain, Manent, lors d'une confrontation de fin d'été dite amicale, notre nouveau président, Jean-Pierre Derose, peu au fait des usages en vigueur, homme de communication, venu du tennis, du passing-shot, patron de la Rider, lui refuse l'accès au club ! Simon n'est pas encore des nôtres qu'il est déjà excommunié. Jean-Pierre Derose va trop loin. Certes, le geste mérite une sanction mais en aucun cas un tel sacrifice. Avec Serge, les Rapetous auraient réapparu, et peut-être l'histoire se serait-elle répétée ? Mais, il semble que cela ne puisse plus se faire à Bordeaux.

Nous réussissons malgré tout à concevoir notre petit « bazar » en moins de quinze jours. Pour notre premier entraînement, je demande à Jacques Fouroux, que je sais dans le secteur, de venir nous seconder et nous prodiguer quelques conseils.

C'est inoubliable. Jacques, en guerre contre le XV, en partance pour le XIII, est en manque. Des heures durant, il prend les avants, les malaxe, les retourne, leur impose le supplice ou le régal d'une mêlée, sans cesse plus dure. Un vrai bonheur d'avants. J'y mets aussi mon grain de sel. Je me rends bien compte aux regards hagards et dubitatifs des joueurs qu'ils n'en peuvent plus. Tant pis, avec Jacques, nous en remettons une petite dernière ! Il est onze heures, Vincent, l'œil noir, plié en deux, me souffle sous la douche : « Ne l'invite plus avant un mois, sinon à Noël, nous sommes morts. Tu te rends pas compte, Bernard, on a deux remplaçants. » Peut-être, mais également du cœur, de la passion, de l'entrain, de la folie.

Le repas est proportionnel à cette première mise en train sur le terrain. Jacques, qui est en forme, refait le monde du rugby. Jean, Vincent, William et Philippe le guettent, le provoquent ; entre chaque plat, tout le monde se lève pour disputer, soit une mêlée, soit une « tortue ». Les nouveaux jubilent, les yeux écarquillés, l'effet escompté fonctionne, Jacques m'adresse un clin d'œil comme pour mieux me faire comprendre que l'affaire est lancée.

Bien lancée même : pour l'ouverture du championnat, le 13 septembre 1992, ils ne sont plus trois cents mais trois mille supporters à se déplacer pour assister à notre grand-messe face à l'armada toulonnaise (19 à 17). C'est comme un retour à la vie pour nous. D'autres victoires suivent à Béziers, Perpignan, Grenoble, Colomiers.

De nouvelles aventures aussi, plus croustillantes les unes que les autres. Il nous arrive de nous tromper de stade à Montpellier, de déjeuner à la hâte de sandwiches dans le bus, voire de séjourner dans des lieux « curieux ».

Ainsi de cette fois, en Isère, où nous descendons dans un hôtel de passe, mais pas de celles prisées par Jean Trillo.

La nuit est troublée par d'incessants va-et-vient. Deux joueurs frappent alors à ma porte et m'annoncent : « Bernard, ce n'est plus possible. Comment veux-tu que nous nous préparions psychologiquement ? » Nous décidons donc de nous lever et de nous positionner dans l'escalier. Là, chaque fois qu'un client se risque à l'emprunter, nous l'encourageons, le chauffons, ce qui a le don de lui couper toute velléité offensive et de le faire décamper sur l'instant. C'est à ce prix que nous gagnons quelques heures de répit. Le matin à la première heure, l'aubergiste, un brin gêné, me demande si nous pouvons avancer notre départ d'une petite heure. Quelle rigolade !

Plus tard, nous nous rendons sans armes à Perpignan. Notre équipe est décimée. Huit de nos joueurs sont blessés. Je dois donc remodeler, à la hâte, un semblant de pack. Gimbert, victime d'une nouvelle fracture liée à la fatigue, nous lâche, Moscato, qui passe la semaine couché, le dos coincé, jouera cependant à gauche, nous n'avons pas le choix. Plassot, qui nous rejoint dans la soirée, glisse de la troisième ligne au talonnage. À droite, poste essentiel s'il en est, j'opte pour un spécialiste, André Dalgalarondo, une stère, une force de la nature.

Le principal problème de notre « Dédé » est qu'il se laisse trop vivre. Il a tout simplement besoin d'être sublimé. Ce à quoi je m'attache quarante-huit heures durant. Je lui demande : « André, tu joues à Aimé-Giral, ils annoncent le feu, un match de muerte, es-tu prêt ? » D'un air dubitatif, il me répond : « Ouais, ça peut aller. » Pour moi, en revanche, rien ne va plus. Je ne me fais aucune illusion sur ce qui nous attend à la première mêlée. La veille au soir, je craque, nous craquons et nous faisons une fête du feu de Dieu dans un petit restaurant de Collioures dont nous vidons la cave.

Je ne sais plus comment m'y prendre mais je m'acharne : « André, tu vas jouer l'USAP. Tu y es ? » Toujours la même réponse laconique : « Ouais, ça peut aller. »

Je n'en peux plus et, à vingt minutes du coup d'envoi, je tente le banco. Je me retourne vers André que je fixe durement du regard : « André, je ne te l'ai pas dit, mais hier soir, j'ai eu Pierre Berbizier (l'entraîneur du XV de France) au téléphone. » Du moins, c'est ce que je lui fais croire avant d'ajouter : « Il est sérieusement embêté pour la tournée de cet été, il cherche actuellement un "gros" droit. Il pense à toi, Dédé, c'est ton jour. Tu n'as pas le droit de laisser passer cette chance. » Abasourdi, il change de tête dans l'instant et se met à respirer très fort. Je viens de le réveiller. Moscato et Plassot, qui ont compris la supercherie, s'empressent de baisser la tête et de zoomer leurs chaussettes afin d'éviter tout fou rire intempestif.

Dalgalarondo a mordu. Tel un taureau, il pénètre parmi les premiers dans l'arène catalane, manquant même de bousculer l'arbitre. Nous faisons une partie du tonnerre. Une heure durant, nous passons pour le pack qui leur cause le plus de tort. Incroyable, l'USAP se fait peur (21-16). À la conférence de presse d'après match, les questions affluent, toujours dans le même sens : « Les trois-quarts, ce n'est pas encore ça. » Jean argumente : « Entre les absents, les cas sociaux, ce n'est pas simple. » « Par contre le pack... » Là, je réponds : « Le boulot », mais, dans ce cas précis... j'occulte les cinq litres de vin rouge éclusés la veille au soir, le faux coup de téléphone de Berbizier et nos habituelles crise de rire dans le car du retour vers Bordeaux. Toute une panoplie d'astuces psychologiques adaptables à chaque situation...

Plus sérieusement, nous réussissons des choses inimaginables sans moyens, avec vingt joueurs, pas un de plus. Comme toujours prédominent à ces exploits les ingrédients majeurs : à savoir la passion, l'enthousiasme, la folie d'un sacré groupe qui possède du tempérament, de la moelle. C'est aussi beaucoup de travail. Nous sommes capables de passer quatre heures sur un terrain pour régler un détail, puis de nous marrer une demi-heure, avant de rester quatre heures à table. Magnifique. Quatre fois par semaine, vers les deux heures du matin, sur le parking du club, je vois Plassot, qui prend la mer à six heures au Cap-Ferret, démarrer son vieux camion tout en bougonnant : « Extraordinaire, extraordinaire. » Chaque fois, je me dis, ce n'est pas possible, c'est la dernière fois que je le vois. Et chaque fois, il revient.

La première année, nous échouons d'une courte tête dans la course au play-off, seulement devancés au goal average par Colomiers, à la suite d'une incroyable défaite devant Montpellier dont je me sens doublement responsable. Pour la première fois de ma vie, j'adresse une passe millimétrée à Sauveterre, le pilier d'en face, qui n'a qu'à sprinter sur cinq mètres pour nous crucifier.

Après une belle saison en coupe Moga, notre deuxième échec dans un match de barrage contre l'ASM est encore plus cruel. C'est la plus grande désillusion sportive de ma vie. Pour le vainqueur, c'est l'accession au sein de l'élite du rugby français. On rejoint ainsi le Top 20, Bègles. Tout un symbole pour nous, notre rêve, celui de se retrouver à Musard en un derby épique, au-delà des provocations. Ce match contre l'ASM, nous savons tous avant de le jouer qu'il sera capital : il décidera de notre avenir ou pas à Bordeaux, celui d'un club qui vit dans l'ombre de Bègles depuis plus de cinquante ans.

D'ailleurs, personne ne s'y trompe. Le stade est comble : cinq mille personnes sont là. Pour la première fois, quatre cents convives sont attendus pour déjeuner, tous les grands décideurs économiques et politiques de la région s'y pressent, s'y bousculent, dont certains nous font des promesses en cas de succès. Je pense alors que tout peut redémarrer : une nouvelle aventure avec Serge – cette fois c'est sûr –, d'autres anciens Béglais, des moyens supplémentaires et non de vagues mirages financiers, promesses du président Derose.

Ce n'est pas seulement une confrontation avec une équipe que nous connaissons parfaitement, sur laquelle nous exerçons un ascendant psychologique pour l'avoir déjà battue en poule à Bordeaux et ayant le nul à Clermont-Ferrand après avoir été menés par 16 à 0 à la pause. Personne n'imagine, à cet instant, le cauchemar qui se dessine. Celui d'une incroyable défaite par 17 à 16 après une ultime pénalité sifflée et réussie qui nous assassine au bout de sept minutes et trente-six secondes d'arrêts de jeu. Je le vis et le ressens très longtemps comme une injustice. Persuadé que tout est entrepris pour empêcher l'émergence d'une deuxième équipe professionnelle à Bordeaux. Surtout, j'en veux terriblement à l'arbitre Roger Duhau. Cinq ans plus tard, à Paris, je m'en expliquerai avec lui.

Ce match, il faut bien l'évoquer : jamais nous ne dominons, écrasons, malaxons un pack de la sorte. Dix fois, vingt fois, les Asémistes, à la faute, s'accrochent, parfois sanctionnés, parfois pas, étrangement. Jamais, aussi, nos buteurs ne connaissent une telle faillite avec dix coups de pied manqués.

Et voilà que ce diable d'Héry, dont il n'est même pas question la veille encore (deux forfaits successifs dont Nicol), passe une première pénalité à une minute de la fin. La dernière, sévère, sonne le glas de notre club, après deux ans de grand bonheur.

La touchante visite de l'international Philippe Saint-André, dans un vestiaire en pleurs, qui tente de nous réconforter et de nous assurer que nous méritons notre place dans les quinze meilleures équipes de France, n'y change rien. Nous venons définitivement de laisser filer notre chance. J'en connais les conséquences. Je sais qu'il va falloir nous séparer pour la première fois, qu'une autre vie démarre. Mais le soir, je fais une promesse : celle de nous retrouver, un jour. En quittant Sainte-Germaine, la larme à l'œil, je ne pense qu'à cela.

La cassure avec Bordeaux devient inéluctable. André Moga et Bègles, dans la lumière, m'ont construit ; le SBUC, dans l'ombre, me permet de me réaliser pleinement et de débuter une nouvelle vie. À vingt-neuf ans, j'embrasse la carrière d'entraîneur, celle qui me convient le mieux. Du plus loin que je me souvienne, j'ai toujours été un capitaine, un entraîneur. Mais quitter le terrain lorsqu'on se sent encore fort, en pleine forme, n'est pas chose aisée.

Je me souviens d'une brûlure dans la poitrine, le premier jour. Je ne suis pas dupe à propos de mon potentiel de joueur. J'ai beau avoir deux pieds et être doté d'une passe convenable des deux côtés, je sais que jamais un sélectionneur de l'équipe de France ne m'appellera, à moins de se tromper de numéro. Ce tournant radical ne constitue donc pas une fin en soi mais plutôt une résurrection, le prolongement d'une passion.

Guazzini : l'homme qui m'a construit

Voilà trois jours que je ne quitte pas la maison et que je ne réponds pas au téléphone. Fait rarissime. Ne me déplaçant, au plus fort de la tempête, que du canapé au frigo et du frigo au fauteuil. Tout ce qui est comestible, sucré ou salé, est dévoré, englouti sur-le-champ. Je n'ai pas tendance à m'apitoyer sur mon sort ni à lâcher prise facilement mais je suis quand même du style à m'autoriser, tous les dix années, un bon coup de blues chocolaté.

C'est une thérapie comme une autre, alors que certains partent en thalasso, moi, je me rue sur mon réfrigérateur. Il me faut bien ça pour éliminer dix années de ma vie, les plus belles, les plus insouciantes. On est en mai 95.

Je suis en deuil de Bègles et Bordeaux... Histoire de me donner bonne conscience et de faire un sort aux dernières tablettes de chocolat, je me repasse, en boucle, les dernières sept minutes et trente-six secondes de la rencontre SBUC-ASM qui me semblent une éternité. Chaque fois, c'est plus déchirant. Il est près de vingt-trois heures, lorsque la sonnerie du téléphone retentit. Exceptionnellement, je décroche. Bien m'en a pris car cet appel changera le cours de mon destin...

Au bout du fil, un ami journaliste, très proche, m'apprend qu'il a reçu un appel de Max Guazzini, le président du Stade Français, club parisien de deuxième division. Ce dernier, qui recherche un jeune entraîneur capable de fédérer et de développer un ambitieux projet dans la capitale, serait près d'enrôler une pointure, Alain Gaillard, entraîneur de Castres champion de France 1993, récent finaliste du championnat battu par Toulouse.

Max Guazzini doit même prendre sa décision avant minuit. Il faut donc faire vite, il y a urgence. L'ami en question m'informe, par ailleurs, qu'il a évoqué ma possible candidature à ce poste. J'imagine déjà l'enthousiasme de Max Guazzini : « Laporte ? oh non, c'est les "Rapetous", cela ne me convient pas, nous n'avons pas besoin d'eux à Paris. » Mais mon ami insiste, déclare qu'il s'occupe de négocier une entrevue. Une heure plus tard, il me rappelle.

Je sais qu'il a dû mener un rude combat pour convaincre également Max Guazzini de me recevoir et de reporter ses rendez-vous téléphoniques prévus avec deux autres entraîneurs, dont Alain Gaillard. Il est une heure du matin, et il est convenu de nous retrouver le lendemain soir à Paris, au domicile de Max Guazzini ou au célèbre restaurant des Champs-Élysées, le Fouquet's, l'une de ses tables préférées du moment.

J'accepte de m'y rendre beaucoup par amitié et aussi un peu par curiosité, mais dans mon for intérieur, je n'y crois pas. D'abord, Paris est une ville qui m'effraie, trop immense, trop impersonnelle à mon goût. J'ai la crainte, la certitude même d'y perdre mon âme de joueur de rugby. Ensuite, dans mon imaginaire, Paris, c'est le Racing, le showbiz, un autre monde, où l'on se presse exclusivement pour assister aux grands événements internationaux. J'insiste pour que mon ami à l'origine de ces tractations m'accompagne, après tout, ce rendez-vous, c'est de sa faute...

Un instant, j'ai l'idée de m'y rendre en voiture, un instant seulement. Car après mûres réflexions, je dois reconnaître que ma Renault 5 aux couleurs d'EDF serait du plus mauvais goût au Fouquet's, surtout en la circonstance. J'opte donc pour le train. Mais c'est un autre ami, Didier Lafourcade, ancien dirigeant béglais, réquisitionné sur l'heure, qui m'escorte puisque l'instigateur du rendez-vous, retenu à Toulouse, ne peut se libérer. Il se permet néanmoins d'insister sur le choix de ma tenue, me conseillant de remiser au placard mon survêtement ainsi que ma vieille veste porte-bonheur de Bègles. Pas question pour lui que j'endosse pareils habits. Dans un grand éclat de rire, je lui rétorque : « D'accord, je vais me changer. » Sans qu'ils se soient concertés, Nadine, mon épouse, m'avait déjà fait de telles recommandations vestimentaires, elle qui connaît bien le milieu puisqu'elle dirige un magasin de vêtements pour hommes. Plus tard, j'en saisirai mieux le bien-fondé.

Max Guazzini nous attend finalement à son domicile.

Il est vingt-deux heures. À Paris, vous réglez encore moult affaires, vous n'êtes même pas passé à table qu'en province c'est l'heure d'aller au lit et à Gaillac... on dort déjà depuis longtemps.

J'effectue mes premiers pas dans un autre univers que je n'ai jamais approché et dont je ne soupçonnais pas l'existence jusqu'alors. Nous nous acheminons vers un très bel hôtel particulier en bordure du bois de Boulogne, dans l'un des plus beaux quartiers de la capitale. Nous pénétrons dans un appartement somptueux conçu sur plusieurs niveaux, où l'on peut admirer tour à tour des tableaux de grands maîtres italiens accrochés au mur, des bronzes, de très beaux meubles. Tout est pensé, de bon goût. Le grand luxe dans la simplicité.

Max se dresse devant nous et nous accueille avec un large sourire. Grand, brun, bronzé, c'est un beau mec !

Un gabarit de deuxième ligne, poste qu'il a occupé au lycée d'Aix-en-Provence. Il porte un élégant complet bleu-gris. C'est la classe, la grande classe. Il nous reçoit d'abord dans son grand salon en L, savamment arrangé, qui ouvre sur une salle à manger en demi-cercle. Un superbe bouquet de fleurs jaunes et blanches trône sur une magnifique table datant du XVIIe siècle. J'apprécie ce raffinement car si je n'ai jamais eu grand goût pour m'habiller, en revanche j'aime et je sais reconnaître les belles choses.

Nous prenons place sur un canapé version XXL. Il est tellement grand qu'une première ligne complète pourrait s'y installer ! Notre hôte étant un adepte du gin-Coca, nous nous convertissons volontiers. La discussion s'engage sur le Stade Français, son histoire, son fonctionnement, sa place actuelle dans Paris, ce que Max Guazzini veut en faire. L'homme est convaincant, direct. Il a été avocat ; son discours, ses mots touchent et sonnent juste. Mais il est également discret, très bien élevé, et se révèle un fin observateur. Il écoute, scrute, photographie et cerne rapidement son interlocuteur. Il aime que tout se règle dans l'instant et ne s'en cache pas. Intelligent, brillant, malin, il l'est sûrement. Il n'est pas nécessaire de passer trois jours en sa compagnie pour saisir son fonctionnement et appréhender la vivacité de son esprit. Parfois, j'ai même l'impression qu'il anticipe certaines de nos réponses.

Nous continuons d'affiner nos points de vue dans son bureau du premier étage, le saint des saints.

Il n'est pas ovale, pourtant j'apprendrai plus tard que toutes les décisions stratégiques se prennent là, que les signatures des plus gros contrats s'effectuent dans ce petit confessionnal, couleur crème. C'est un bureau moderne fort bien équipé. L'ordinateur, le fax, le central téléphonique et la vidéo rappellent que Max Guazzini demeure un grand capitaine d'industrie. Il est le cofondateur du groupe NRJ avec Jean-Paul Baudecroux. NRJ, première radio de France et d'Europe à l'applaudimètre des jeunes, dont l'ancrage attesté permet des ramifications dans une dizaine de pays européens, notamment la Belgique, la Suisse, l'Allemagne, l'Autriche, le Danemark où elle caracole en tête des stations.

Le rugby occupe une place à part, de choix, dans ce lieu très personnel. Des maillots d'amis internationaux dans des cadres et quelques clichés bien exposés traduisent des amitiés fortes, telles que celle qui l'unit autrefois à Dalida, immense star de la chanson française, et dont il fut le confident.

Avant de nous retirer, nous convenons d'un deuxième rendez-vous, le lendemain, dans son antre. Les locaux de NRJ sont aux couleurs de la station : la porte est rouge ; le bureau, vaste, est noir. Au mur, par terre, entassés, des centaines de disques d'or des plus grandes stars mondiales : Madonna, Mariah Carey, Céline Dion, Mike Jagger... Max les connaît tous pour être associé à la plupart de leurs tournées européennes. Sur le bureau et derrière son siège en cuir noir, quelques photos symboles dont l'une le représente en compagnie du président de la République M. Jacques Chirac, ancien maire de Paris.

Durant mon court séjour parisien, à aucun moment nous n'abordons la question financière ni la durée d'un possible contrat. Sur l'instant, je n'ai pas de coup de foudre, mais j'avoue être séduit par ce personnage, plutôt atypique.

Il est jeune, vient d'un autre monde, celui du showbiz, et se montre visionnaire dans son approche.

En outre, sa réelle volonté de partager avec d'autres ce qu'il aime m'interpelle. Au fond de moi, j'éprouve cette même envie. Il aurait pu demeurer chez lui, tranquille ; au lieu de ça, il prend des risques, se met en danger. Il avance, il crée. C'est magnifique. Tellement enrichissant !

Pourtant, ma décision n'est pas prise sur l'instant, loin de là. Un autre personnage, bien connu du milieu ovale celui-là, me courtise. Il s'agit de Jacques Fouroux, une personne pour laquelle j'ai toujours eu beaucoup d'estime.

Il me fait parvenir une proposition alléchante, celle de l'épauler. Il me suffit de franchir la ligne jaune et de le rejoindre de l'autre côté du chemin au domicile de « l'ennemi » historique, le XIII. Une place de manager en chef de la région Aquitaine et de la future équipe de province m'est offerte. L'ancien grand manitou du rugby français me tanne depuis quelques semaines déjà. C'est un grand séducteur. Il me sait encore terriblement meurtri, déçu, écœuré même par les circonstances de la défaite du SBUC devant l'ASM. J'éprouve vraiment la sensation d'avoir été « trahi » par mon sport. Un soir, dans ma tête, je franchis le pas, je passe à XIII !

Si je fais marche arrière à l'ultime instant, c'est tout simplement parce que ce sport n'est pas le mien. Je ne l'apprécie ni ne le connais suffisamment et je ne m'estime pas assez compétent en la matière pour me lancer dans une telle aventure. Ce sont ces incertitudes qui m'arrêtent. Il s'en est fallu de peu. Pour autant, je ne me projette pas davantage à Paris, loin s'en faut.

Max me demande de me rapprocher de Christophe Mombet, devenu l'adjoint de Pierre Berbizier en équipe de France, ancien entraîneur du Stade Français, à l'origine de la venue au club de Max Guazzini, en 1992. Il me reçoit chez lui à Biscarrosse, drôlerie du destin puisque j'y vivrai plus tard quand j'entraînerai le XV de France. Tout en me louant la qualité du projet et l'état d'esprit des responsables, le technicien qu'il est me fait toucher du doigt la grande difficulté de fédérer, de pérenniser un plan et de vivre au quotidien notre passion : absence de terrains pour s'entraîner, de stade intramuros dans Paris, de public... De nouveau, tenace, l'idée que cette somptueuse Ville Lumière, qui brille de mille feux et brûle de mille passions, va m'annihiler me traverse l'esprit. La perspective d'émigrer vers d'autres lieux plus cléments comme Castres, Agen ou Grenoble me rassure autrement.

Max le ressent. Il me relance donc pour avoir laissé filer Alain Gaillard à l'ASM. Il insiste, veut me revoir, dès le jeudi soir, à Paris. Cette fois, nous dînons au Fouquet's. J'éprouve une sensation étrange à l'instant de pénétrer dans ce haut lieu de la gastronomie et du paraître, devenu mythique au fil du temps. Le Fouquet's, c'est l'étoile des Champs-Élysées, une certaine image de la France. Un an plus tôt, en Nouvelle-Zélande, à Wellington, lieu de retraite des Blacks situé à l'extrémité méridionale de l'île du Nord, ville aux quatre vents, berceau de la voile et de l'America's Cup, dans une ruelle, un marchand de cartes postales qui avait eu vite fait de reconnaître mon accent du Sud-Ouest s'enthousiasmait : « Ah, la France, Paris, Piaf, Aznavour, Delon, le Fouquet's ! »

Me voici donc au cœur d'un lieu feutré de tapisseries bordeaux, aux dorures d'une autre époque, dans lequel évolue une multitude de grandes stars. Comme un parfum d'Hollywood. L'atmosphère qui s'en dégage me plaît.

En ce moment précis, je pense à ma mère. On se fait toujours un monde de ces endroits enchanteurs qui transcendent nos imaginations : en gagnant le carré VIP, je suis comme un gosse qui se serait laissé enfermer dans un grand magasin de jouets et qui saurait qu'il va y passer la nuit, sans être dérangé.

Ce soir-là, je suis le seul inconnu. En dix minutes, c'est un vrai défilé : Johnny Hallyday dont j'écoutais, à dix-huit ans, les chansons dans mon Alfa Romeo Julietta verte... Max, fort élégamment, me présente : « Tu connais Bernard Laporte ? c'est notre futur entraîneur. » Johnny, tout aussi bien élevé, répliquant : « Bien sûr, bravo ! » Comment aurait-il pu ? Puis Patrick Bruel, Philippe Gildas, Alain Afflelou, Pierre Richard... tour à tour viennent nous saluer. Il m'arrive même de me demander si Max n'a pas convoqué tout le monde en douce.

L'affaire qui nous occupe se règle en une demi-heure, au feeling. Ce défilé de personnalités n'influence en rien ma décision. Certes, ces rencontres sont des plus agréables, mais le petit provincial pragmatique que je suis sait fort bien que toutes ces personnalités ne me seront d'aucun secours sur un terrain. Non, ce qui me décide, c'est Max, ce qu'il dégage. Dix ans auparavant, j'avais déjà ressenti un sentiment similaire, à l'instant de m'engager avec André Moga.

Ils n'appartiennent pas à la même génération et se révèlent radicalement différents ; pourtant, je me retrouve face à un même regard. Impression déconcertante.

Je ne paraphe aucun contrat, n'évoque même pas ma rémunération. Je n'ai jamais su demander. Je ne sais pas faire. Je ne suis pas matérialiste et l'argent n'a jamais guidé mes choix. Si Max m'avait demandé à cet instant : « Combien veux-tu ? », j'aurais probablement été embarrassé. Dans ce cas précis, je lui dis simplement que, quelque décision qu'il prenne, sa proposition me conviendra. Elle est de 20 000 francs de salaire mensuel. J'avais fait de même avec André Moga avec lequel un contrat moral me liait. Lorsque nous avions remporté le titre de champions de France avec Bègles, en 1991, je me souviens qu'il m'avait octroyé une prime, le très solennel « chèque du capitaine », s'élevant à 20 000 francs. C'était sa manière de m'augmenter. Durant ces cinq ans passés à Paris, je ne me suis jamais permis d'aller renégocier mon contrat ni même de demander une revalorisation salariale. C'est Max qui le fera par deux fois, selon son bon vouloir. Je le découvrirai sur ma fiche de paie. Et, chaque fois, j'en éprouverai davantage de fierté et de reconnaissance.

Pour ce premier soir, après lui avoir donné mon assentiment au Fouquet's, nous prenons la direction de Montmartre et nous plongeons dans une soirée de dingues au Palace, une des boîtes de nuit les plus branchées de Paris.

NRJ y organise une soirée privée en l'honneur de quelques stars américaines. La moindre apparition au seuil de l'établissement déclenche une vague d'hystérie collective de la part de centaines de jeunes fans aux cheveux colorés, serrés comme des sardines. C'est la première fois, mais aussi la dernière, que l'on me prend pour une star de rock. Comment pouvait-il en être autrement ? Naguère, le curé de la paroisse de Gaillac, qui enseignait le catéchisme, m'avait dispensé de chant, préférant me savoir le ballon au pied dans la cour de l'église.

J'entre en force protégé par des vigiles. Pourtant, personne ne m'a reconnu. Une fois à l'intérieur, tout me semble irréel. Sur fond de musique psychédélique, je me retrouve assis, au milieu d'autres stars qui me sont totalement inconnues, dont les codes particuliers me sont complètement étrangers. Ils n'arrêtent pas de se taper dans les mains, de se cogner les coudes tout en gigotant. Ils sont en transe. À cinq heures du matin, l'oreille rivée à la bouche de Max, je n'en suis plus très loin moi-même à l'évocation du staff, du recrutement...

À mon retour à Bordeaux, je n'ose raconter mon séjour parisien de peur d'affoler mon entourage. Je m'aperçois rapidement, y compris chez mes frères « Rapetous », de l'inquiétude qui plane au moment de charger la camionnette du déménagement et de prendre la direction de la capitale. Certains regards ne trahissent pas. Ma prise de risque en laisse plus d'un pantois. C'est là que Nadine intervient : elle me pousse à franchir le dernier pas. Avec cet instinct inné de la femme, elle comprend et me dit : « On y va ; on fonce ensemble, j'assumerai derrière. » Elle est mon complément idéal. Max, lui aussi, à sa façon le ressent. Il m'entoure de toute son affection. Notre relation exclusive est forcément différente de celle que je vivais avec André Moga, conséquence certaine de leur différence d'âge.

Il se pose comme mon grand frère et non en tant que mon président, mon employeur. Parfois, nous nous appelons cinq, dix, quinze fois par jour ; nous nous retrouvons tous les soirs autour d'une table, bonne ou petite, peu importe.

En cinq ans, je n'ai pas le souvenir d'un seul froissement, d'une seule fâcherie entre nous. Cependant, tout ne fut pas parfait, loin s'en faut.

Il mène tant de combats, tout d'abord médiatiques, tentant de convaincre des stars telles que Madonna ou Naomi Campbell d'être les marraines de l'équipe, les producteurs d'émissions de télé de parler du club, ensuite politiques, se démenant pour récupérer un stade intra-muros afin de susciter l'intérêt du public et de l'inciter à se déplacer, que je me sens prêt à tout accepter pour la réussite de son entreprise. Nous sommes unis comme les doigts de la main, comme si nous n'avions d'aucune façon existé l'un sans l'autre.

Notre grande force réside dans le fait que nous n'empiétons pas sur nos prérogatives respectives. Max ne se permet aucune intrusion dans le domaine sportif. De la même façon, je ne serai jamais tenu informé des contrats financiers et des accords salariaux passés avec les joueurs. C'est la base de notre relation. Il est mon premier soutien. Au début, il a tellement peur que je me décourage, que je m'en aille, que je fasse mes valises, qu'il accourt à chaque accroc, à chaque défaite. Il m'écoute et me protège.

Nous travaillons de concert pour le choix des hommes. À Paris plus qu'ailleurs, il se révèle déterminant. Max attache une grande importance à l'état d'esprit des joueurs appelés à nous rejoindre. Nous cherchons davantage des personnes désireuses de s'engager pleinement dans un club en pleine construction, fortes de certaines convictions, que des stars qui ne se déplaceront que pour un bon contrat. Ainsi, de très grands joueurs, internationaux étrangers et français, ne rejoignent pas Paris alors qu'ils en manifestent le souhait uniquement parce que Max n'est pas convaincu de leur démarche, satisfait de leur état d'esprit. Il n'est pas question pour lui qu'ils viennent se servir du club et non le servir. C'est la philosophie qui se dégage du club.

Je me rends compte que le Stade Français est à l'image de Max Guazzini, de sa façon d'être, de se comporter. Les joueurs sont polis, accueillants, bien habillés lors de tous nos déplacements y compris au cours de notre saison en groupe B, l'équivalent de la troisième division d'aujourd'hui.

Autre règle d'or, la presse est choyée, les vestiaires lui sont presque continuellement ouverts. Il n'est pas pensable, ni même envisageable à Paris de trouver des portes closes trois heures avant et après une rencontre. C'est une question de bienséance, mais surtout un art consommé de la communication, lequel trouve sa pleine expression dans le recrutement de pompom girls, la proposition de places gratuites et mille autres opérations dans l'optique de faire du Stade Français le plus attractif des clubs de l'Hexagone. Avec cet homme, un souffle nouveau parcourt le Stade.

André Moga me découvre, me couve, me permet d'exister tandis que Max Guazzini m'éduque, me façonne, m'aide à me réaliser, à me construire complètement.

Ma force est d'avoir eu la chance de rencontrer et de connaître ces deux hommes.

Max ne m'a jamais donné de conseils. C'est inutile, il suffit de le regarder vivre et agir. Il est un modèle à suivre. Je l'écoute religieusement et ne le quitte pas du regard ; tous les jours, je prends une leçon de vie et de communication.

Il en est de même, côté vestiaire. Max est toujours soigneux, élégant, tiré à quatre épingles, en costard-cravate, ce chic italien qui lui colle à la peau, héritage de ses origines. Il ne peut se permettre d'être escorté dans les plus grands salons, les plus grands restaurants parisiens, d'un entraîneur en survêtement – vert, bleu ou marron – et parka.

Là encore, aucune injonction de sa part. Si je ne le comprends pas, je n'ai rien à faire à Paris. La tenue, c'est une forme de respect de soi, des autres. Je n'oublie pas l'expression de Nadine quand je lui demande de m'accompagner pour faire quelques achats haut de gamme. À l'arrivée, je porte plutôt bien le costume, taille mannequin s'il vous plaît !

Je fais automatiquement savoir à mes joueurs qu'ils devront se tenir à carreau et que la moindre réflexion déplacée émise à mon apparition sera immédiatement sanctionnée de six mois de banc de touche. Mais je me révèle peu convaincant et, le lendemain matin, ils sont tous là à m'attendre devant le portail d'entrée : ils me font une haie d'honneur, agrémentée de quelques quolibets sur mon complet gris-bleu et mes pompes italiennes.

Début 1995, nous n'avons toujours pas remporté un seul titre que nous sommes déjà les champions du costard sur mesure. Ce qui ne suffit pas à donner une taille de champion, sauf peut-être à Paris.

Ce travail sur l'image est essentiel et les premières semaines sont cocasses. Max inspecte les rangs lors des troisièmes mi-temps et sanctionne tout laisser-aller par des amendes, sans se départir du flegme qui le caractérise et de son sourire Émail Diamant. « Bonsoir, monsieur Tachdjian, vous n'avez pas votre cravate ? comme c'est embêtant, c'est 500 francs. Remarquez, cela fera un compte rond avec la veste de la semaine dernière. » Au début, tout le monde est hilare, à la fin du mois cependant les sourires se font plus crispés et Max, toujours aussi radieux, ne tarde pas à réaliser les bienfaits du timbre-amende.

Fin octobre, tout le monde est sur son trente et un et ça se bouscule devant la glace du vestiaire.

1995-1999 : une fulgurante ascension

12 août 1995 : Paris, sous un soleil écrasant, est désert. Pas suffisamment à mon goût. Chaque halte s'apparente à un feu rouge de trop. Rouge vif, nous le sommes par ce temps caniculaire. Ma voiture chauffe et je suffoque. Invariablement, les regards se posent sur ma Passat dont le moteur fait un boucan d'enfer, qui ressemble étrangement au bruit qu'occasionne un bombardier américain, style B-52. C'est dire. Une vraie galère. Trois heures me seront nécessaires pour mener à bien ma première excursion parisienne. Le périphérique, la première couronne et les berges de la Seine finissent par me conduire au charmant petit hôtel qui m'abritera durant trois mois, en contrebas de la porte d'Italie dans le XIIIe arrondissement, à quelques centaines de mètres du stade Charléty, haut lieu de l'athlétisme qui accueille le PUC. Un vieux chat noir dans sa couche fleurie m'accueille ; tout à coup me fait face la crème des hôteliers : la soixantaine, rondouillard, dégarni, la gitane sans filtre collée aux lèvres. « Monsieur Bernard Laporte, la 105, vous verrez, c'est la meilleure chambre avec vue sur le jardin (en réalité des pots de géraniums...), Laporte, c'est en deux mots ? Ne perdez pas la clef... de la porte ! C'est drôle, non ? » C'est tordant. Sur l'instant, j'imagine Vincent Moscato et Serge Simon le fice-

lant sur son siège tel le cochon de Sainte-Geniève-sur-Argence en Aveyron, pour avoir abusé de sa dose mensuelle d'humour.

À Gaillac, enfourchant mon 104 Peugeot, je n'avais que faire d'une carte pour retrouver mon chemin les soirs de bringue. À Bègles, je ne l'ai jamais vraiment su, mon véhicule EDF avait incorporé le GPS. Un seul point de retour : l'agence et comme j'habitais au-dessus... En revanche, cette option m'eût été d'un grand secours à l'heure de m'engager dans le parc de Saint-Cloud en direction de la Faisanderie, lieu de nos retrouvailles.

Le temps semble s'arrêter à l'instant où je pénètre au cœur de ce parc, havre de paix. L'endroit est magnifique, verdoyant, lumineux. C'est notre fief omnisports avec ses terrains d'entraînement, ses courts de tennis en terre battue, ses piscines chauffées... atmosphère très british.

Dans quelques instants, je dirige mon premier entraînement à Paris. Je vais me retrouver face à une quarantaine de joueurs issus du Stade Français et du CASG, pour le meilleur et non le pire, je l'espère.

Pour fêter cet événement, j'arbore bien évidemment mon vieux survêtement de Bègles. Sûrement par superstition. Je sais pouvoir compter sur tout le monde, le premier jour on se déplace, ne serait-ce que par curiosité. Ils ne me sont pas tous inconnus. Je reconnais les deux rugbymen arméniens les plus célèbres de France. Michel Tachdjian, d'abord, spécialiste du « marron », ancien grand timonier du Racing, champion de France 1990. Mais il serait sévère et infiniment réducteur de limiter son influence à sa simple réputation de bagarreur, c'est également un formidable joueur. Laurent Hairabétian de Tulle, c'est moi qui l'ai amené, transfuge du SBUC avec Christophe Laussucq.

Je retrouve aussi, non sans quelque nostalgie, d'anciens partenaires des grandes heures béglaises de 1991 : le talonneur Nicolas Castenet, le troisième ligne François Trillo, fils de Jean. Je revois, avec un égal plaisir, Geoffrey Abadie, l'ancien Graulhétois devenu « titi » parisien : son look, ses parties de cartes et son coup de pied longue portée, d'une rare précision, qui nous sera bien utile.

Enfin, je découvre des nouveaux, un jeune Sud-Africain fraîchement débarqué que je remarque dès la première séance. Une histoire incroyable préside à son recrutement. « Mémé » Guérinot, notre coprésident, parti suivre la Coupe du monde 1995 en Afrique du Sud, le rencontre à l'université de Stellenbosch. Comme il arbore la cravate du club, ce jeune Sud-Africain, très bien élevé, se permet de l'aborder pour discuter. Il adore la France. Et c'est le coup de foudre immédiat. Le jeune homme, pilier droit à ses heures perdues, lui laisse ses coordonnées téléphoniques sur un morceau de papier et Mémé Guérinot de lui promettre, dans un premier temps, un billet d'avion, le gîte et le couvert.

Deux mois plus tard, Pieter De Villiers, puisqu'il s'agit de lui, débarque avec son baluchon, à Paris. Qui aurait pu imaginer à ce moment qu'il deviendrait, sept ans plus tard, le meilleur pilier droit du monde ? Celui-là même que les Sud-Africains n'ont pas su remarquer lors d'une présélection, le laissant ainsi s'envoler vers l'Europe. Au-delà de sa stricte éducation sud-africaine, ce qui m'interpelle d'emblée, c'est son regard pétillant, sa curiosité insatiable, sa volonté de balayer tous les a priori. Il est tellement certain de me convaincre qu'il peut devenir un redoutable pilier droit que je ne me vois pas le renvoyer après quelques séances durant lesquelles il souffre terriblement.

Je ne risque pas d'oublier ce premier entraînement. Le thermomètre affiche 38 °C. Notre terrain surplombe une piscine où de superbes créatures se prélassent en maillot. Plus je parle, moins on m'écoute et plus je m'énerve. Je fais même mine de sauter la barrière pour inviter cette gent féminine à nous rejoindre. À ce moment-là, je me dis : « Tu n'y arriveras pas. » Je quitte la Faisanderie, découragé. Ici, je suis confronté à une nouvelle perception du rugby, dans un lieu et un contexte particuliers. La nuit, dans la chambre de mon petit hôtel, je m'imagine des heures durant établir une stratégie, peaufiner des plans dans l'indifférence générale : moi en survêtement, à la lutte avec des femmes sculpturales aux déhanchements ravageurs ! Le combat est franchement inégal et je ne vois pas comment mes hommes pourront suivre. Je rêve d'une bonne banlieue, d'un terrain « cour de ferme » comme à Bègles. Cependant, mes craintes s'estompent rapidement. La météo me donne, il est vrai, un sacré coup de pouce puisqu'il se met à pleuvoir. Notre première saison est conforme à nos espérances et marquée par deux moments forts.

La veille du match qui nous oppose à Chalon, sur le terrain d'Oyonnax, le 19 mai 1996, à l'issue du galop d'essai, je réunis tous les joueurs sur un coin du terrain. Au moment où je dois me « confesser », tout le monde éclate de rire. Max vient discrètement de s'agenouiller au centre du terrain pour embrasser la pelouse. Par ce geste, il donne en quelque sorte le top départ de notre grande aventure. Je recouvre un air grave et déclare : « Je n'ai pas le droit de tricher. Si nous montons, je me trouverai dans l'obligation de me séparer de quatre-vingts pour cent d'entre vous ! Je le ferai. Max veut hisser Paris au sommet d'ici quatre ans. Si vous décidez de jouer le jeu à fond, de poser la première pierre, alors vous aurez été les vrais artisans de cette réussite. Personne ne pourra vous l'enlever. La décision vous appartient, à vous seuls. »

À trente et un ans, il n'est pas facile de tenir pareil discours, qui plus est à quelques heures du coup d'envoi d'une confrontation capitale pour l'avenir du rugby à Paris. Mais je comprends qu'ici plus qu'ailleurs on doit jouer le jeu de la vérité avec les hommes, fût-elle cruelle à entendre.

Ils choisissent : ce sera la montée en groupe A2 et, pour la plupart, la fin. Ce jour-là sanctionne une brillante victoire (31 à 18). Avec Mémé Guérinot et Max Guazzini, nous pleurons comme des gosses tout en observant nos deux seuls supporters entamer un tour d'honneur, drapeaux au vent, s'escrimant à convaincre (en vain) l'assistance du bien-fondé de notre entreprise. Je n'oublierai jamais la joie indescriptible de ces deux supporters égarés.

La finale face à Aurillac, le 8 juin, dans le stade Michelin de Clermont-Ferrand rouge et bleu, constitue le second temps fort. Onze mille Cantalous sont présents pour seulement cent Parisiens. Et encore, avons-nous dû les rameuter, leur offrant drapeaux et boissons ! À l'instant du sacre (score de 23 à 16), une ambivalence affective m'assaille, celle d'un grand bonheur pour tous ceux qui ont fait le choix d'aller au bout et d'une profonde tristesse d'avoir privé une région, un département, une ville, un « peuple » d'une consécration et d'une fête à nulle autre pareille. Gare d'Austerlitz, à l'arrivée de notre TGV, personne ne nous attend. J'ai beau m'en douter, ça fait mal. Nous ne nous offusquons pas pour autant ; nous sommes peu de chose, à vrai dire, rien. En réalité, la seule interrogation qui me taraude, en cet instant précis, sur le quai de cette gare, c'est de savoir si un jour, il nous sera possible de susciter l'engouement d'une capitale où mille autres événements se bousculent.

Pour tenter d'y parvenir, nous affinons notre stratégie. Nous ne possédons pas de fonds de commerce et n'avons pas le temps de former des jeunes. Nous sommes à Paris, donnée différente et essentielle, où il faut briller tout de suite. Nous recrutons vingt-cinq joueurs sur deux saisons. Nous n'avons pas le droit à l'erreur. Dès août 1996, ma priorité est de retrouver mes frères « Rapetous ». Je sais Max réfractaire à cette idée. J'arrache néanmoins son approbation, décision qu'il ne regrettera pas. En quittant Bègles, je m'étais promis de nous réunir à nouveau, le plus tôt possible. Pas question de jouer les anciens combattants, le CABBG était un formidable jouet que nous avons cassé trop tôt certes, mais l'heure n'était pas encore venue pour eux de se retirer du monde du rugby.

En les récupérant, j'attire à nous les médias, je dope notre pack d'une première ligne extrêmement compétitive et récupère trois fortes personnalités qui nous procureront cette dimension psychologique indissociable du haut niveau. Ceux-là réunis, ils sont capables de mener grande revue à Paris, de nous propulser en haut de l'affiche.

Il est temps de les rassembler à nouveau : Gimbert qui se morfond dans un deuxième rôle à Dax, Simon qui tente un incroyable retour après deux années sabbatiques loin des affaires du rugby, Vincent, finaliste malheureux du dernier championnat avec Brive, qui se sent orphelin en Corrèze. Cinq petites minutes et dix ans de passion commune me suffiront à les convaincre qu'une dernière charge trois-étoiles est possible.

Les rôles sont savamment répartis. Je sillonne la France à l'affût de la moindre occasion tandis que Max reçoit les postulants et supervise leur examen d'entrée. Il sait mesurer les réelles ambitions de nos futures recrues. C'est un expert. Les revanchards, les laissés-pour-compte, les illustres inconnus en mal de reconnaissance : tous nous intéressent.

La première année, nous faisons deux bonnes pioches : Hervé Chaffardon, tout juste la trentaine, deuxième ligne, un colosse, fidèle grognard de Fouroux, parti trop tôt, trop vite, sur un coup de tête vers Chambéry. Il attend le deuxième souffle, comme une délivrance ; David Auradou, grand escogriffe mesurant deux mètres, né au Havre, émigré à Graulhet, débarqué du basket. En partance pour le Bataillon, il m'est signalé par l'un de mes indicateurs tarnais.

À la suite de Xavier Blond, international, roi de la troisième mi-temps, professionnel de la belote, titi parisien, ancien troisième ligne du Racing, où sévissaient les gais lurons, précurseurs d'une nouvelle façon d'être et de jouer. Il est l'acolyte de Denis Charvet, l'idole des minettes toulousaines et de quelques vrais grands amateurs de rugby, star numéro un des années 1980, trois fois champion de France avec le Stade Toulousain.

Notre premier coup d'éclat date du 26 août. Pour l'ouverture de la saison en du-Manoir, à Jean-Bouin, nous venons à bout d'un pensionnaire de l'élite, Grenoble (30 à 23), mais le plus bel exploit, le plus bel essai transformé, est réussi, dans la coulisse, par Max Guazzini. Cinq mille personnes se pressent dans les tribunes, ce qui représente 25 % des invitations lancées par NRJ. Ils sont tous là : passionnés, mordus, néophytes ou simples curieux. Max a les larmes aux yeux. Le même jour à la même heure, le Racing, qui reçoit Dijon, n'a déplacé que trois cents personnes à Charléty, le PUC quarante et une devant Aurillac. À peine le coup de sifflet final a-t-il retenti que c'est un autre match qui débute, une course contre la montre qui s'engage. Comment faire pour retenir ce nouveau public, jeune, moderne plus au fait des derniers résultats de la NBA et de son idole Michael Jordan ou des sports de glisse que des règles et subtilités de notre jeu ? Nous sommes tous réquisitionnés, nous nous affairons. Le dialogue s'installe avec nos supporters et les questions fusent. « Vous êtes qui vous ? Le demi de mêlée, le dix ?
– Non, je suis l'entraîneur. »

La jeune mère de famille semble surprise : « L'entraîneur, si jeune. Vous pouvez m'expliquer la touche, la mêlée, les regroupements, parce que je n'y comprends rien. Votre sport est vraiment difficile à saisir. – Ne vous inquiétez pas, madame, c'est déjà difficile pour nous qui sommes tombés dedans tout petits, alors... »

Trois de ses enfants l'entourent dont deux portent déjà le maillot du club acheté le jour même. Il règne comme une ambiance singulière. Notre subite conversion en VRP du rugby et du Stade Français est à la fois prenante, ludique et touchante. Max a de la suite dans les idées. Son credo est simple, efficace : il en faut pour tous les goûts, pour tous les âges. Ainsi, il met en place des animations, offre des cadeaux, organise des défilés de mascottes géantes pour les petits, commercialise des produits vestimentaires haut de gamme à l'attention des jeunes, notamment des maillots très branchés s'inspirant du XIII, sort une première compilation dont *I Will Survive* sera l'un des tubes de l'année 1998, vendu à plusieurs millions d'exemplaires et repris en chœur par la France du foot et du rugby, procède au recrutement de pompom girls pour plaire à ces messieurs, invite les pompiers de Paris et surtout publie le fameux calendrier « Dieux du Stade » dans lequel les joueurs s'exposent dans le plus simple appareil à la grande satisfaction de ces dames. Rien ne manque, pas même la petite voiture aux couleurs du stade qui porte le précieux tee à Diego Dominguez.

Pour l'heure, en trois week-ends et autant de promesses, le Stade Français fidélise près de huit mille personnes en groupe A 2 pour les venues de La Teste, Valence-d'Agen et Graulhet. Aucune de nos victoires, pas même le titre de champion du groupe A2, ne nous aurait amené un tel afflux de spectateurs si le plan de promotion n'avait pas été le premier objectif.

Le Paris de l'élite est gagné. Seul moment véritablement fort de la saison : nos retrouvailles avec Bègles pour une place en huitième de finale dans le tableau supérieur. Il aura donc fallu que j'attende d'être à Paris pour retrouver le CABBG, qui plus est à Sainte-Germaine sur le terrain du SBUC. Nous rêvions de jouer à Musard. Et si tel avait été le cas, nous avions décidé de nous présenter la veille au soir et de dormir dans le vestiaire. Le jour de la rencontre, l'atmosphère du stade est chargée d'électricité car cette confrontation, tant espérée, tant redoutée, est chargée de symboles. Les Béglais se sont enfermés une heure avant nous, ils jouent leurs têtes. Max nous propose, en cette date anniversaire de la mort de Dalida, une amie très proche, un cérémonial qui n'a pas cours dans notre monde. Je le sais bien mais je le laisse faire, c'est une preuve d'amour pour Max. À l'instant de nous resserrer, Serge évoque le rendez-vous, celui de notre histoire.

Sur le terrain, nous dominons, mais nous serons « trahis » involontairement par l'un des nôtres. Notre maître buteur, Goeffrey Abadie, qui détient le meilleur score de notre championnat avec plus de deux cents points inscrits, rate un éléphant dans un couloir. Neuf fois, il échoue dans ses tentatives de tirs au but. Nous connaissons la malédiction du jour sans. C'est ainsi que nous laissons filer le CABBG d'un point (17 à 16). C'était sûrement écrit. Curieusement, nous ne sommes pas meurtris, portés que nous sommes par la promesse d'en découdre l'année suivante au même niveau.

Douze autres arrivages ont lieu, en 1997, à Jean-Bouin. Parmi lesquels Richard Pool Jones, ancien finaliste perdant avec Biarritz et Serge Blanco en 1992, qui, à vingt-six ans, avait stoppé le rugby pour devenir critique gastronomique. Il propose sa candidature par lettre à Max. La démarche est inhabituelle. Je fonce. Banco ! « Nous te prenons trois mois à l'essai, comme en cuisine, sans te payer. » Il finit par venir, à Jean-Bouin, où il se présente, tout droit échappé de la City, en costard, épingle de cravate et haut-de-forme.

Il est suivi par l'Italo-Argentin à la gueule d'amour, Diego Dominguez, costume gris haut de gamme, chaussures sur mesure, qui joue à Milan sous les ordres de Jean Trillo. Là, il croise les trois de la Côte : les Toulonnais Christophe Dominici, dit « Domi », et Frank Comba, dit « Dani », flanqués du Niçois Christophe Moni, portant tous pantalons moulants, chaînette en or avec dent de requin et lunettes Saint-Trop dernier cri, sans oublier les chaussures en croco de « Dani ». « Ma Domi ! – Oh Diego ! » Les deux DD, Dominici et Dominguez, les deux plus chics, se reluquent déjà... question sapes.

Puis suivront le Britannique Grant Ross qui travaille chez notre confrère de rugby, le producteur briviste Patrick Sébastien, affiche un raffinement extrême, arborant chemises brodées à son nom et boutons de manchettes. Plus décontracté, en revanche, Cliff Mytton qui débarque de Nouvelle-Zélande en chapeau à la Crocodile Dundee, grand voyageur au look d'aventurier, très attiré par la France. Enfin, Christophe Juillet, tête de poupon, salopette à la Coluche, has been à Montferrand.

Cette année-là, en plus des grands internationaux que sont Marc Lièvremont et Olivier Roumat, surnommé « la Roume », des inconnus explosent : le Portugais Arthur Gomes du PUC, enfin un « portos » qui a tourné à l'ovale (!), et le jeune Sylvain Marconnet, gros poupon, mariole, récupéré à Grenoble, touche-à-tout très doué.

Pour clore ce melting-pot, Emori Bolobolo, prince des Fidji, un vrai, qui débarque à Orly en chemise à fleurs, chapeau à la Bob Marley, accompagné de son cousin Iggie, pieds nus, chaussures autour du cou, et d'un serviteur chargé de ses effets. C'est le rugby des îles à Paris.

Selon un plan de bataille échafaudé avec Max, je l'embarque dans sa voiture avec chauffeur aux Champs-

Élysées, première halte systématique et convenue d'un circuit fait pour séduire les nouveaux arrivants avant de leur faire découvrir la réalité du terrain. Pour l'heure, les acolytes de Bolobolo, qui n'ont jamais quitté leur île natale, le nez collé aux vitres, les yeux exorbités, sont fascinés, manifestant leur étonnement dans un langage étrange.

J'ai besoin d'un électrochoc pour amalgamer tout ce beau monde. Comme il n'est pas question de retourner à la Faisanderie, nous embarquons pour Londres et un vieux château isolé. Cette mise au vert de douze jours, à l'étranger, est une façon de dire : « Là-bas, nous ne pouvons nous éparpiller, nous serons ensemble. »

Le premier défi consiste à cimenter ce groupe atypique, hétéroclite, à apprendre à nous connaître. Et cela prend. Nous avons le même état d'esprit, le même langage, et si plusieurs langues cohabitent à table – anglais, espagnol, fidjien, français, italien, portugais –, notre espéranto, c'est le rugby. Tout le monde cherche à participer, à se comprendre car le respect est au rendez-vous. Le soir venu, à l'heure du couvre-feu, quelques-uns font le mur, dans le sillage de Richard Pool Jones, avec la complicité de leurs partenaires de chambre. Ils me prennent pour un imbécile, croient que je l'ignore, mais je laisse faire parce que je sais que ces épisodes sont favorables au développement d'un climat amical fort et créent des complicités qui nous seront tant utiles sur le terrain, le moment venu. Ce qui ne m'empêche pas, le lendemain matin, de leur imposer le double de plaquages et, à la fin du stage, je milite auprès de Max pour une sanction financière, si possible proportionnelle à leur contrat, dans un souci d'équité.

Dès le retour, je trouve, comme à Bègles, le fil conducteur de notre nouvelle équipe. Le courant passe entre nous.

La France du rugby, quant à elle, nous juge et nous condamne d'avance. À ses yeux, nous sommes des mercenaires ne nous déplaçant que par intérêt personnel, que seuls les contrats et l'argent motivent, dépourvus de passion et de vraie fraternité. C'est évidemment le contraire et ces préjugés renforcent notre fusion. Nous semblons tout partager depuis dix ans alors que nous ne nous connaissons, pour la plupart, que depuis douze jours.

Nous ne nous quittons plus. Un jour, c'est un bistrot auvergnat dans lequel nous nous régalons de tripous. Une autre fois, c'est un repas dans un restaurant chinois du XIIIe arrondissement où toute l'équipe, pliée en deux, courbée en quatre sous les rires, baguettes à la main, saluent les propriétaires de l'établissement qui nous servent le meilleur canard laqué de la capitale. Un soir, c'est le Lido ou le Crazy Horse ; le lendemain, une virée dans une gargote près du Sacré-Cœur pour déguster la meilleure soupe aux choux du quartier, puis une crêpe au sucre et un verre de cidre à Montmartre avant de terminer chez l'ami « Coco » Perrin, figure légendaire de la « rue de la Soif » à Saint-Germain-des-Prés qui nous accueille de sa voix de ferrailleur et nous gratifie dans un zézaiement d'un « Ça va les gonzesses ? ».

Nous sommes une tribu ambulante qui fourmille d'idées, curieuse de tout, s'enrichissant des uns et des autres.

Le clan est formé. Je profite de parties de cartes endiablées pour insister sur un point essentiel : ce club, c'est nous, nous seuls. Nous avons tous les droits, mais un seul devoir, celui de réussir. Le jour, sur le terrain, je suis le chef; le reste du temps, je suis comme eux. Je vis les choses pleinement. Nos rapports sont parfois passionnels, excessifs. Comment pourrait-il en être autrement ? Mes « gueulantes » s'apparentent souvent à un cri d'amour.

Notre structure n'est pas encore professionnelle, mais dans nos têtes nous le sommes. Mes différents séjours à l'autre bout du monde me renforcent dans l'idée qu'un club doit

J'ai quatre ans.
Ma première passion n'a pas la forme d'un ballon de rugby, mais d'un petit vélo vert sur lequel j'aime à faire le tour de notre maison à Gaillac. Sous une apparence sérieuse, je suis d'abord un enfant qui aime à rire aux éclats.

On me voit sur la gauche, à l'âge de huit ans. À côté de moi, mes deux frères cadets, Philippe et Christian, et ma sœur aînée, Florence. Manque au tableau mon demi-frère, Gérard, déjà étudiant. Notre grand plaisir est alors de jouer tous ensemble.

1983, 1984 : la belle époque. Celle de la légèreté, de l'insouciance, des quatre cents coups, mais aussi, pour ma plus grande fierté, celle de mes deux titres de champion de France juniors sous le maillot de Gaillac.

Je reçois mes premiers galons de capitaine à Bègles, en septembre 1987, lors de la venue du Racing à Musard. Un grand souvenir, mais surtout, sans que j'en prenne conscience, le début de l'aventure.

Même si je traverse des passages difficiles, je connais des instants de grâce, plus forts que tout. Ainsi, en 1991, en ce jour où nous sommes enfin sacrés champions de France, et où plus de 15 000 Bordelais en liesse nous font la fête. Je ne touche plus terre : un rêve de gosse vient de se réaliser.

Je me souviendrai toujours de ce jour, le 16 mai 1998, où nous avons joué la première finale au Stade de France. L'équipe que j'entraîne, le Stade Français, connaît sa renaissance et son apothéose. Mon fils Baptiste a la tête contre le bouclier de Brennus. Cette victoire, ce n'est pas la mienne, mais celle de toute une équipe.

Coup de sifflet final. De l'émotion pure ! Yves Maman, le co-manager du Stade Français, et moi-même connaissons, le temps de quelques secondes, un état indescriptible, quelque chose comme l'éternité.

À l'invitation du président Jacques Chirac, le 14 juillet 1998, Max Guazzini et moi-même retrouvons à l'Élysée toute l'équipe de France de football. J'ose à peine toucher la Coupe du monde gagnée par Aimé Jacquet et les siens.

De gauche à droite, on peut voir Jean Dunyach (co-manager), Jo Maso (manager) et Bernard Lapasset (président de la Fédération française de rugby). Nos relations sont franches, directes et sincères. Ils sont mes premiers soutiens, mes premiers critiques aussi. Sans eux, je ne serais rien en équipe de France.

Le 6 avril 2002, la France gagne contre l'Irlande 44 à 5. C'est le premier super grand chelem de l'histoire du rugby. Je regarde toutefois la coupe avec moins de brillance dans les yeux que mon bouclier de Brennus de 1991 : ce trophée ne m'appartient pas, il est aux joueurs, et à eux seuls.

J'éprouve un grand respect et une profonde affection pour mes joueurs.
De gauche à droite, debout : Olivier Brouzet, David Auradou, Fabien Pelous, Rémy Martin, Imanol Harinordoquy, Olivier Magne, Tony March, Olivier Azam, Olivier Milloud, Serge Betsen, Pieter De Villiers, Jean-Jacques Crenca, Raphaël Ibanez.
Assis, au premier rang de gauche à droite : Nicolas Brusque, Gérald Merceron, Aurélien Rougerie, David Bory, Fabien Galthié, Damien Traille, Pierre Mignoni, François Gelez, Jimmy Marlu.

On peut voir Fabien Galthié servir son lieutenant Olivier Magne, lors du France-Angleterre du 2 février 2002. Fabien ? Notre chef de meute, l'âme du groupe, celui qui fédère chacun et trace la voie pour tous.

À l'entraînement.
Le moment que je préfère.
Celui où je me sens
complètement libre.
Avec au cœur un sentiment :
la passion.

rechercher des compétences multiples, celles d'un staff composé de préparateurs physiques aguerris (Daniel Servais et « Fred » Aubert, rompus aux méthodes du foot et de l'athlétisme), de médecins (Hakim Chalabi, qui prendra plus tard la direction médicale du PSG) pointus. Quant aux entraînements, j'en impose deux par jour, plus une séance quotidienne de « torture » sous forme de vidéo. Il m'arrive de chercher un gymnase près de Jean-Bouin, afin de garder mes joueurs sous le coude après une défaite pour y passer la nuit ! Parfois, je feins de déchirer le contrat d'un joueur, cherchant par là même à lui faire comprendre le côté « criminel » de sa faute. Comportement du meilleur effet sur les étrangers. Certains ne comprennent pas toujours mon excellent anglais gaillacois et je me souviens même qu'un soir, Cliff Mytton demande à me rencontrer, persuadé qu'il est de ne plus faire partie de l'équipe pour avoir été vilipendé. Mes manières dictatoriales me valent des surnoms gratinés tels que « le Kaiser » ou « Bernie, le dingue ». Ce dernier m'est attribué par les avants car je leur impose plus qu'ils ne peuvent supporter lors de séances de mêlées assimilées à de véritables supplices. D'ordinaire, quand j'annonce la dernière mêlée, c'est qu'il nous reste encore vingt bonnes minutes...

Je suis comme ça, toujours le dépassement de soi. Le jour des matches à Jean-Bouin, alors que nous bénéficions d'un espace suffisant, nous finissons toujours notre préparation le long d'un vieux court de tennis, large d'un mètre cinquante seulement, pourvu qu'il dégage une atmosphère, quelque chose de fort qui nous corresponde. Idem à l'extérieur, je prise des endroits très inattendus, pas toujours accessibles. Cela surprend nos hôtes. Notre ascension est rapide, ponctuée de coups d'éclat (belles victoires à Perpignan et à Castres) et d'incroyables fous rires lors de nos déplacements. Il nous arrive de faire disputer des mêlées dans le car. Serge

Simon s'improvise lutteur grec, place son bras gauche dans son dos, défie tous les trois-quarts qui se présentent dans l'allée du bus, occasionnant une belle pagaille. Dominici est toujours le premier à lui sauter dessus. Comba n'est pas loin.

Plus d'une fois, certains ont pu s'imaginer que nous en venions aux mains et, d'une certaine façon, c'était vrai.

Le meilleur est à venir. Comme un signe du destin, nous retrouvons Bègles pour un quart de finale aller-retour susceptible de nous ouvrir la porte de la Heineken Cup. Il est temps d'en finir avec certains fantômes. À l'instant de pénétrer dans Musard sous les railleries de quelques membres de l'Académie, nous ne pouvons masquer, avec mes frères Rapetous, les sentiments qui nous étreignent. Pour nous, il n'est point question de revanche, seulement d'avenir. Pour une fois et pour un tout petit point au décompte des deux matches, il est écrit que Paris va passer définitivement devant Bègles. N'est-ce pas là, finalement, la plus belle des leçons à retenir ? Toulouse maintenant se dresse devant nous en demi-finale. L'obstacle apparaît insurmontable. Mais il ne l'est pas. La veille au soir, je ne recueille pas l'adhésion souhaitable, alors je vais jusqu'à provoquer l'incident, lors du débriefing. « Si demain nous sommes laminés en mêlées, je me trouverai dans l'obligation de changer le cinq de devant afin d'être compétitifs la saison prochaine en Coupe d'Europe. Je ne peux pas tricher. » Gimbert, Moscato et Simon, blessés, touchés dans leur orgueil, sont fous de rage. Ils ne m'adressent pas la parole durant tout le week-end. Plus tard, Simon me déclarera, dans le TGV du retour : « Un jour, je t'arracherai les yeux ! »

Sur l'instant, j'atteins mon but. Ils sont furieux et la rébellion est en marche. Simon et Moscato prennent en main les avants. Ils se comportent comme je l'espérais ; revoilà les fameuses cellules atypiques – Serge, Vincent, Philippe –, qui transforment la masse en une force indestructible. Toulouse est balayé 39 à 3, quatre essais à zéro, mainmise complète sur le match de notre mêlée.

Du coup et de façon inattendue, on se retrouve projetés au-devant de la scène. Richard Pool Jones en profite pour venir me voir et me demander si je ne peux pas me fendre d'un coup de fil à Clive Woodward, l'entraîneur du XV de la Rose, pour lui faire savoir qu'un troisième ligne anglais va disputer la finale du championnat de France.

De concert, nous mettons en place notre stratagème, Richard le mérite. Dans un anglais volontairement approximatif, il rédige une lettre à l'adresse du sélectionneur anglais, comme si je l'avais écrite moi-même.

Je la signe et l'adresse d'urgence à Londres. Le résultat dépasse nos espérances. Non seulement Clive Woodward est présent, le samedi suivant au Stade de France, mais encore, trois jours plus tard, Richard Pool Jones se retrouve en stage à Twickenham avec les internationaux anglais. Il embarque pour la très difficile tournée d'été en Australie. Son rêve s'est concrétisé.

Le nôtre consiste à remporter le Brennus. Je me remémore les hurlements des quarante-cinq mille Catalans présents dans l'enceinte, vociférant : « Ousap, Ousap ! » à notre arrivée. C'est magique, j'en ai la chair de poule. C'est le plus beau public que j'aie jamais vu. Nous rentrons tout de suite afin d'éviter l'asphyxie psychologique. Volontairement, je demande à Marc Lièvremont, Catalan de sang, qui dispute sa première finale devant son frère Thomas et son club fétiche, de ne pas sortir. Depuis le matin, il tourne en rond comme un junior, sur le parking de notre hôtel de campagne à Mafliers, celui que nous occupions déjà avec Bègles pour le sacre de 1991, superstition oblige, et je me dois d'intervenir. Je comprends sa brûlure mais son combat intérieur ne doit en aucune façon susciter le doute chez ses partenaires. Le jour d'une finale, l'équilibre psychologique est essentiel.

Par cette soirée caniculaire, les avants achèvent leur préparation sous la douche. Juillet, Chaffardon, blêmes, sont assis, trempés. Eux qui ont déjà perdu une finale savent. Marc s'allonge au côté de Vincent, il en termine avec son combat personnel qui le mine depuis plusieurs jours. Simon surveille tout son monde du coin de l'œil, prêt à intervenir. Dans ces moments-là, il est le plus fort. Il est l'heure : les supporters catalans, surexcités, déchaînés, clament leur amour, une région entière se lève. J'ouvre la porte pour mieux les entendre. Nous sommes seuls contre le monde entier. C'est alors que Serge Simon, admirable, se retourne et, regardant Marc Lièvremont droit dans les yeux, assène : « Nous rentrons au pas, comme des gladiateurs, sans un regard. Dans cinq minutes, il régnera un silence de cathédrale dans ce Stade de France. Dans un stade, rien n'est plus beau que le silence. »

Tous les joueurs sont au garde-à-vous. L'entrée, au pas, tête levée, dans cette arène, reste le moment le plus poignant de cette finale. Je ne sais si c'est là qu'elle se gagne, ou auparavant, dans le couloir qui pousse les joueurs sur le rectangle vert. Je ressens, cette fois-ci en tant qu'entraîneur, la même sensation qui m'avait déjà habitée, en juin 1991, dans le couloir du Parc des Princes, lors de notre sacre avec Bègles devant Toulouse. Cinq minutes après le coup d'envoi, Thomas Lièvremont réussit un « coup de grisou » sur son frère Marc, qui le manque au plaquage et provoque l'embrasement du stade pour une longue chevauchée solitaire mal conclue. Serge avait vu juste, notre finale quasi parfaite ramène très vite dans le stade le silence qu'il avait requis quelques instants au préalable dans le vestiaire.

34 à 7, cinq essais à un, sept ans après mon titre de joueur à Bègles, je touche de nouveau du bois, à trente-trois ans, mais comme entraîneur cette fois-ci et dès ma première

saison en élite. En 1991, je me laissais aller à des cabrioles, là je me contente d'un sprint aller-retour bras levés. La joie, la tension, tout est différent. C'est d'abord et surtout leur succès.

Du Stade de France, je conserve le souvenir de l'émotion de Nadine en larmes, des regards transcendés par le bonheur de tous ces héros de 1996, champions de France en groupe B : les Cabannes, Abadie, Romeu, Tachdjian, Hairabétian, Bachoffer. Ils sont là, invités, en larmes, eux aussi, c'est leur finale. Laussucq et De Villiers n'ont pas oublié. Moi non plus. Sur l'instant, je me rappelle les mots prononcés à Chalon et ces deux supporters égarés, aujourd'hui sûrement perdus dans la foule des dix mille Parisiens venus assister à la rencontre. À l'instant de monter les marches de la tribune du Stade de France, je me surprends à les compter à nouveau : une, deux, trois... dix, vingt, trente... quarante-deux, quarante-trois. Une nouvelle fois, ma vie défile, même si Armand Vaquerin, mon idole, ne se trouve pas dans la tribune mais au paradis du rugby. Ce coup-ci, c'est sûr, il est trop haut pour que j'aille le chercher ; pourtant je le sens, il est avec nous. Il aurait tant aimé, encore, apposer sa main, son cœur sur le Brennus en une éternelle caresse.

Je monte une autre marche ; tout à coup, mon fils Baptiste et ma fille Marine, mes plus beaux trophées, me rejoignent, les visages peints aux couleurs du Stade Français. La surprise de les voir est totale. Ils s'agrippent à moi, fiers de leur père, quoi de plus beau... J'imagine la fierté de mes parents à Gaillac, qui voient deux générations de Laporte gravir les marches du Stade de France. Au sommet, ce n'est plus François Mitterrand, mais Jacques Chirac. Mon père doit faire la gueule, les présidents passent, Brennus reste.

Enfin, j'aperçois la silhouette de Max que je sais foudroyé de bonheur. Je viens de concrétiser notre première rencontre, notre pari complètement insensé de faire du Stade

Français le premier club de France en trois ans : remember... le Fouquet's, le Palace, le premier entraînement à la Faisanderie, mon premier hiver en groupe B dans une totale indifférence... Max me tombe dans les bras. Il y a des amitiés fortes, des rencontres qui vous changent. L'un comme l'autre, nous savons fort bien que le plus dur reste à faire, que ce grand bonheur est furtif. À Paris, plus qu'ailleurs, il ne dure souvent qu'un soir. Alors pourquoi le bouder ?

Le Brennus a déjà parcouru la moitié du Stade de France sur les épaules de mes joueurs quand je redescends de la tribune où je croise les présidents Moga, les fils d'André, qui reste à jamais dans mon cœur. Très fair-play, ils me félicitent. Tout un symbole.

Direction la piscine du Stade de France dans laquelle je feins de me noyer pour éviter d'y passer une partie de la nuit. Le temps presse. Nous nous dirigeons vers l'Étoile où un semi-remorque débâché nous attend. Notre car ressemble à une disco-mobile : en tête, micro en main, Max Guazzini, redevenu un temps Manuel Guazzi, jeune chanteur branché à la mèche rebelle qu'il fut au tout début des années 1980. Il avait écrit quatre chansons et son single, *Je suis amoureux*, avait connu un succès d'estime qui lui valut quelques apparitions notables à la télévision.

Max, façon rocker, tombe la veste et allume le feu à l'approche des Champs-Élysées où plusieurs centaines de supporters s'amassent. C'est là que nous recevons le plus bel hommage : celui des supporters catalans qui nous applaudissent et scandent le nom de Marc Lièvremont, pétri d'émotion. Nous venons de gagner le respect de la province, et ce n'est pas un mince exploit ! Des drapeaux parisiens se dressent dans la nuit étoilée, des centaines d'automobilistes klaxonnent. Certains sont au courant, d'autres demandent la raison d'une telle effervescence : « De quoi êtes-vous champions ? de basket ? – De rugby, c'est super ! »

Le camion s'immobilise devant le restaurant Planet Hollywood que nous avons réservé pour notre troisième mi-temps. C'est de la folie pure. Plusieurs centaines de personnes n'ont qu'un désir : la photo près du Brennus.

Une armada de vigiles nous fraie un chemin pour pénétrer dans l'établissement, ce qui attire un essaim de touristes japonais, en goguette sur les Champs-Élysées, appareils photo en mains, bombardant de flashes tout ce qui bouge, tout en poussant des cris stridents. C'est Paris. J'essaie de faire croire à Nadine qu'on m'a confondu avec l'acteur américain Bruce Willis, mais ça ne prend pas.

Plus tard, Max et moi ressortons. Nous prenons place sur le banc d'en face, de l'autre côté de la rue, à hauteur du Fouquet's. Le soleil commence à poindre sur la plus belle avenue du monde et nous sommes là, tous les deux, comme des gosses. Nous nous repassons le film de la soirée. Je lui raconte l'avant-match dans le vestiaire ; il me sert, en retour, les petites phrases de la tribune officielle. Chacun à notre tour, nous nous livrons nos moments forts. Il y a de la joie, des rires, des pleurs. Tout, finalement, est parti de cet endroit. Nous nous sentons libres, nous sommes bien. Des joueurs sortent et font participer deux clochards à la fête... On est heureux et Max, en riant, pense avoir gagné là deux supporters supplémentaires, de futurs abonnés.

Notre titre suscite un vrai battage médiatique dans la capitale. Nous sommes conviés à participer à la plupart des plateaux télévisés ainsi qu'aux soirées branchées du Tout-Paris qui nous découvre et, avec nous, le monde ovale. Mais notre plus grand succès, nous l'obtenons dans les restaurants et bars de la ville qui se bousculent pour accueillir le Brennus. Il s'ensuit une dizaine de jours de pure folie. À Saint-Germain-des-Prés, au cœur du quartier littéraire, où nous sommes promus « libertins de l'Ovale », nous faisons fermer la « rue de la Soif »... pour mieux l'étancher !

D'autres virées ont lieu : à Montparnasse, Montmartre, au Faubourg-Saint-Honoré, porte d'Auteuil, porte Saint-Cloud. Nous goûtons le bonheur et l'insouciance de quelques moments privilégiés. Un soir, nous égarons le Brennus dans le décor du Moulin-Rouge ; le lendemain, deux joueurs l'oublient sur un bateau-mouche. Le bouclier fait ainsi le tour de Paris sur Seine avant de finir sa course chez Max Guazzini. À chaque fois qu'un joueur veut le récupérer, se l'approprier, il peut venir le chercher chez le président, le point de ralliement. La province le réclame également : Comba et Dominici lui font faire le tour du Var, de la rade de Toulon, de la Corse, en bateau, Moni descend le Vieux-Nice, les frères « Rapetous » le promènent de Musard (petit clin d'œil) à Arcachon, puis au cap Ferret où l'ami Plassot l'installe sur son étal à poissons. Marc Lièvremont ne résistera pas à l'idée de faire le tour de la Catalogne avec comme point de ralliement Argelès, la maison familiale. Une façon de le partager avec ses proches, ses cinq frères et sœur.

Thomas est là, bien sûr. Richard Pool Jones le descend en voiture décapotable à Biarritz pour le traditionnel repas des anciens finalistes du Biarritz Olympique de 1992. Ce Brennus, que les Daguerre, Sanoko, Irigay, Gouloumet et... Blanco n'ont jamais tenu, ils l'admirent cette fois à leur table. La victoire de Richard devient un peu la leur.

L'été 1998 tourne, merveilleux. Voici la rentrée 99 : il faudrait faire aussi bien...

De cette année-là, je conserve des souvenirs à la fois gais et tristes et de belles cicatrices dont celle, jamais refermée, de la demi-finale de Coupe d'Europe perdue à Belfast contre la province de l'Ulster (33 à 27).

Ce jour-là, les Irlandais ne sont pas les seuls à nous jouer un mauvais tour. Ayant emboîté le pas des arbitres, l'Écossais Jim Fleming en tête, de retour aux vestiaires, j'entrouvre rapidement leur porte pour les saluer, us et coutumes de notre sport malgré quelques décisions pour le moins discutables qui font pencher la balance dans le camp irlandais (notamment un essai refusé, tout à fait valable) et là, stupeur, je les surprends à s'embrasser, se congratuler. Étonnés de me retrouver dans leurs pas, gênés par ce que je viens de voir, Jim Fleming, sourire en coin, reprend son sang-froid et m'assène un glacial et terrible : « Good match, Bernard... » auquel je réponds du tac au tac et tout aussi hypocritement : « Good match, Jim, vous êtes le meilleur arbitre du monde... »

Je l'aurais volontiers livré en pâture, lui et ses assesseurs, à mon grand-père Louis et à ses potes agriculteurs de Sainte-Geneviève-sur-Argence qui leur auraient réservé, à coup sûr, le coup du cochon. Je sors terriblement choqué et meurtri de ce spectacle. Je n'en parle pas mais je viens de prendre une leçon dont je me souviendrai toujours.

L'autre instant difficile est la correction, cette fois régulière, que nous recevons en quart de finale du championnat à Toulouse (51 à 19) dans un Stadium qui pulvérise le record de spectateurs pour un match de rugby. Plus de trente-sept mille personnes sont présentes. C'est la dernière grande sortie des « Rapetous ». Une autre première ligne composée de De Villiers-Pedrosa-Marconnet, qui a grandi et s'est fortifiée dans l'ombre de mes frères, pousse chaque jour davantage ces derniers vers la sortie. Les choses ne sont pas simples à expliquer, mais il faut savoir décider dans la mesure où le club ne vous appartient pas. Avec Vincent, mon premier compagnon de route, mon quatrième frère, nos liens ne seront plus tout à fait les mêmes, nos routes se séparent. Mais il sait qu'il peut compter sur moi en cas de coup dur, de jour comme de nuit. Je serai là.

Fort heureusement, 1999 se termine superbement, bien que nous ayons été battus par les deux vainqueurs de la

Coupe d'Europe et du championnat, notre succès en finale de la Coupe de France sauvant une saison qui avait été plutôt bonne, sept mois durant. En venant notamment à bout de Bourgoin après un final haletant (27 à 19) devant trente mille supporters berjalliens accourus à Saint-Étienne pour le dernier match de leur idole, Marc Cecillon.

Nous conservons ainsi le rythme d'un trophée chaque saison – et ce depuis quatre ans – et récupérons un billet qualificatif pour la Coupe d'Europe. C'est la meilleure sortie possible pour Serge Simon qui dispute là son jubilé, son dernier match en France. C'est un drôle de mec qui s'en va et qui nous réserve, comme à son habitude, une sortie que nous ne sommes pas près d'oublier.

Cinq minutes avant d'entrer sur le terrain, alors qu'il vient d'en terminer avec son discours bien senti, ses mots qui font mouche, il se retourne vers moi et lance : « Bon, nous n'allons quand même pas nous quitter sans boire une petite coupe de champagne. » Et le voilà qui sort deux ou trois magnums de son sac et qui demande à l'un des intendants dans la confidence de faire passer les coupes.

Le sifflet retentit une première fois, puis une deuxième. L'arbitre de touche, qui s'impatiente, tape à la porte qu'il finit par ouvrir. Il croit rêver, découvrant Serge entouré de tous les joueurs en train de sabler le champagne à quelques minutes du coup d'envoi. Au même moment, les joueurs berjalliens, serrés, badigeonnés, concentrés, se trouvent déjà dans le tunnel de Geoffroy-Guichard tandis que leurs trente mille supporters hurlent au loup dehors. Simon lui dit : « Voulez-vous une petite coupe ? Nous fêtons mon départ à la retraite... Nous rangeons tout, il y en a pour deux petites minutes et nous arrivons. Dites-leur de ne pas s'impatienter. » Et le juge de touche de s'en retourner, sans voix ou presque, vers son collègue arbitre en lui rapportant : « Ils sablent déjà le champagne ! »

En un rien de temps, Serge fait le ménage, quitte le vestiaire et sort en tête, sans avoir regardé une seule fois ses adversaires. Il est le premier à pénétrer sur le terrain. Il est dans son match. Il est unique... je ne rencontrerai jamais plus un joueur de sa trempe. Dans vingt ans, quand nous nous croiserons, nous n'évoquerons pas la victoire sur Bourgoin en finale de la Coupe de France mais ces trois bouteilles de champagne descendues à cinq minutes du coup d'envoi !

Paris : une autre idée du rugby

Au petit matin de notre premier sacre, nous nous présentons à l'entrée d'une discothèque très branchée, fréquentée par une clientèle étrangère, issue essentiellement du Moyen-Orient et d'Amérique du Sud. Nous sommes huit, tous en costard, blazers gris-bleu marqués de l'écusson du Stade Français. Je mène la délégation avec, en tête, Moscato, Pool Jones, Juillet et Comba. De façon courtoise mais ferme, la direction refuse de nous laisser pénétrer dans l'établissement, prétextant que nous sommes huit garçons. Personne ne nous a reconnus.

Pas même les trois molosses de service qui se parlent à un mètre l'un de l'autre par talkie-walkie...

Discrètement, nous nous présentons, leur faisons savoir qui nous sommes et leur apprenons que nous venons fêter le titre. Rien n'y fait. À Toulouse, Castres, Agen ou Bourgoin, nous aurions été sollicités par toutes les boîtes, certaines même auraient repeint leurs locaux aux couleurs du club... À Gaillac, n'en parlons même pas !

Paris est le seul endroit où vous pouvez à la fois être chic, champion de France de rugby et vous promener nanti du Brennus sans être remarqué.

Plus fort encore ? Le lendemain soir, alors que je regagne mon domicile au treizième étage d'une tour porte d'Italie, le Brennus sous le bras, je croise mon voisin de palier, la quarantaine, plutôt sympa, deux enfants, pas très branché sport. Il me sort, froidement :

« C'est joli, vous l'avez acheté ?

— Non, je l'ai gagné.

— Une belle loterie, une vente aux enchères peut-être ?

— Non. C'est notre bouclier, nous sommes champions de France de rugby depuis hier soir.

— Ah, c'est pour ça que vous n'étiez pas chez vous, j'ai trouvé surprenant qu'il n'y ait personne. Je désirais vous convier à prendre l'apéritif. Depuis deux ans qu'on doit le faire ! Finalement, je suis allé au cinéma. En tout cas, c'est bien, je vous félicite pour votre trophée, où était-ce, à Charléty ?

— Non, au Stade de France.

— Le Stade de France. C'est une belle compétition alors... »

Ne vous méprenez pas, cette discussion qui peut sembler invraisemblable, irréelle dans le Sud-Ouest, pourtant totalement véridique, résume parfaitement l'idée qu'on se fait du rugby à Paris et surtout la place qu'il y occupe. Christophe Juillet a coutume de dire à ce sujet : « Quand je franchis les grilles de Jean-Bouin, je deviens un gladiateur, quand je les repasse, le soir, je redeviens tout petit : le charcutier, le boucher et le pâtissier de mon quartier me snobent. »

Il ne peut s'empêcher de me relater l'incroyable histoire qui lui arrive le surlendemain. Il a promis d'emmener le Brennus chez un ami restaurateur, où siègent des Auvergnats de Paris. C'est un événement dans la rue. Plusieurs centaines de personnes l'attendent. Pour s'y rendre, il prend un taxi. N'y tenant plus, le chauffeur lui pose la question suivante :

— Veuillez m'excuser, monsieur, vous êtes sculpteur ?

— Oui, sculpteur de rugby, c'est un beau métier, vous savez.

Par ce trait d'humour, Christophe est persuadé que le chauffeur saisit. Il n'est pas au bout de ses surprises : à l'instant de régler sa note, il s'aperçoit qu'elle est surtaxée pour l'encombrement occasionné par cette œuvre d'art dans le coffre. Juillet demeure sans voix, avant de me glisser : « À Clermont-Ferrand, cela fait cinquante ans au moins qu'ils attendent, espèrent et se languissent de ce bouclier. Non seulement le taxi ne m'aurait pas fait payer la course, ni le supplément, mais encore il se serait arrangé pour l'attacher sur le toit de la voiture, klaxonnant à tout rompre pour qu'on le reconnaisse. » Paris a beau être la plus belle ville du monde, la plus courtisée, elle appartient au cercle très fermé de ces lieux où les rugbymen passent incognito. Du point de vue sportif, le PSG écrase tous ses adversaires sur le plan médiatique. Nous, dans le rugby, nous nous contentons de miettes.

Parfois, ce constat est une force. Nous n'en souffrons pas, au contraire. Il nous permet de relativiser aussi bien les victoires que les défaites. Le risque d'embourgeoisement est nul. Ici, c'est la course contre la montre, point de pression extérieure à laquelle toutes les grandes équipes de province sont sujettes. Ce qui ne veut pas dire que nous manquons de passion. Seulement, elle se vit différemment. Nous bénéficions d'une liberté d'action, de pensée, de création plus importante. Nous appréhendons les événements avec davantage de recul, de retenue, de lucidité. En quatre ans, seuls quelques supporters sont accourus, lors de passages difficiles, dans la crainte que nous puissions laisser filer : « Surtout, ne lâchez pas, accrochez-vous, il n'y a que vous ! »

En venant ici, je ne mesure pas sur l'instant la chance dont je bénéficie. Plusieurs joueurs se trouvent dans mon cas et ne repartiront plus. Je ne suis plus le même homme, la vie parisienne me fait appréhender mon existence différemment. Je mûris, ne ressentant pas les choses de la même façon que par le passé. Mes coups de sang, mes colères excessives, laissent désormais la place à un comportement nouveau. Je suis toujours un passionné mais j'ai appris à prendre du recul. À une autre hauteur. Je m'enrichis, découvrant par l'intermédiaire de Max le monde de la communication. C'est un formidable outil, pas seulement de promotion ; il me sert aussi à corriger et à améliorer mes approches relationnelles.

J'ai enfin la chance de fréquenter de grands hommes politiques, de tous bords, qui, à l'occasion, me font l'honneur de me recevoir et pour lesquels j'ai une franche sympathie : Bertrand Delanoë, Jean Glavany, Alain Juppé, Jean-François Lamour et Charles Pasqua entre autres. Peu de gens le savent mais de tout temps j'ai porté un regard fasciné sur ce monde. Ces hommes-là sont de grands séducteurs, des hommes de terrain, professionnels en communication. En cela, ils ont toutes les qualités d'un manager. Ce qui m'interpelle chez eux, c'est cette qualité d'écoute, de jugement, d'intervention. Mon grand-père Louis me conseillait souvent : « À chaque fois que tu rencontres quelqu'un d'intelligent, fais en sorte de l'écouter plus longtemps que les autres, tu en retireras toujours un plus. » Je les écoute donc religieusement.

La grande déchirure

24 novembre 1999 : il est exactement 20 h 32. Je me trouve à Montparnasse devant le restaurant Chez Clément, mon téléphone portable sonne :

« Allô Roger ? Roger, c'est moi.

— C'est une erreur, monsieur.

Insupportable. Voilà que la sonnerie retentit à nouveau :

— Bernard Laporte.

— Oui.

— C'est Bernard Lapasset, je te dérange peut-être ?

— Vous ne me dérangez jamais, président. Je viens tout simplement de raccrocher au nez de quelqu'un qui me prend pour Roger, je vous écoute.

— Je souhaiterais m'entretenir au plus vite avec toi du futur poste d'entraîneur du XV de France, mission que je compte te confier si nous tombons d'accord. »

Nous convenons d'un rendez-vous pour le lendemain. Un immense bonheur m'envahit. Je suis électrocuté !

Je traverse la rue pour m'asseoir sur un banc. J'ai trente-cinq ans. Je suis seul au monde. Enfin, presque... Un pigeon blanc s'assoit à mes côtés. Je lui apprends la nouvelle... Il s'envole gracieusement.

Mon premier coup de fil sera pour ma mère :

« Maman, c'est Bernard, j'ai une grande nouvelle, pour toi : je vais être nommé entraîneur du XV de France.

— L'équipe de France ? C'est mieux que Paris ? C'est bien pour toi, mon fils ? Si tu penses que c'est bien, je suis très heureuse.

— Maman, je t'aime ! »

Plus tard, dans la soirée, j'appelle Max pour l'informer. Il ne semble pas surpris. Il s'y attendait. Deux jours auparavant, Jean-Louis Barthès, directeur général de la FFR, l'avait appelé pour lui demander mon numéro de portable. Je parle, il ne me répond pas. Je sais qu'il souffre. Ironie du sort, alors que je n'ai jamais signé de contrat durant mes premières années à Paris, je viens de m'y résoudre, désirant me mettre en conformité avec les directives de la Ligue. Je suis donc sous contrat pour une saison supplémentaire ; mieux, nous venons d'évoquer un ambitieux projet de développement sur trois ans... Max me relance plusieurs fois durant la soirée. Nous sommes en pleurs.

Je le rassure alors : « Max, nous n'allons pas nous rendre malades, si tu ne veux pas que j'y aille, je reste ! De toute façon, je suis sous contrat. » Max me reprend immédiatement, me disant : « Comment veux-tu que je te prive d'un tel bonheur ? Je n'ai pas le droit de te demander un tel sacrifice. »

La semaine qui suit est une des plus difficiles de mon existence sur le plan émotionnel. L'entretien avec Bernard Lapasset se déroule fort bien. Je lui donne mon accord immédiatement. Nous convenons que l'annonce officielle de ma nomination sera faite par le président, le dimanche soir, sur le plateau de Stade 2, la grande émission sportive de France Télévisions, partenaire de la FFR.

Le mardi midi, Bernard Lapasset nous convie Max et moi à déjeuner au Faux-Filet, l'une de ses tables préférées toute proche de la rue de Liège, siège de la Fédération. Nous réglons là toutes sortes de problèmes (qui n'en sont pas vraiment), liés à mon départ du Stade Français, à mon arrivée à la tête du XV de France. Il est aussi question de me trouver un successeur. Les choix ne sont pas légion dans la mesure où les entraîneurs sans contrat ne sont pas nombreux à cette période de l'année. Bernard Lapasset s'engage même à aider Max. Celui-ci, éprouvé par cette séparation, craque, une fois, deux fois. L'émotion est à son comble.

Elle le sera davantage encore, le lendemain, à l'heure du déjeuner avec les joueurs dans les salons privés du Parc des Princes. Je suis tendu, nerveux. Il faut que je leur annonce la nouvelle. Là, entre nous, c'est moi qui fonds en larmes. J'évoque cette nomination qui est aussi la leur, mon départ, la nécessité absolue pour eux d'aimer et de bien comprendre que le Stade Français, c'est d'abord eux, que seuls ils peuvent décider ou pas de lui donner un grand avenir sur le terrain. Le vendredi soir, après la traditionnelle séance de « torture » vidéo, je demande à tous les internationaux et à ceux qui en ont le potentiel de bien vouloir rester et de passer au confessionnal. Là, froidement mais clairement, j'indique à chacun ses manques, les points à travailler durement s'il espère un jour être appelé sous le maillot tricolore. Je suis ferme. Il le faut.

Le samedi soir, veille de notre match contre Glasgow en Coupe d'Europe, je passe une formidable soirée à Jean-Bouin. Nous nous retrouvons tous autour de Max, nous nous entretenons de tout et de rien, des heures durant, comme une dernière soirée autour d'un feu de bois. Au final, je reste seul avec Max. C'est poignant. Deux, trois fois, il me serre la main. Je viens de passer quatre ans de rêve avec lui. Et pas une seule dispute. Notre relation est vraiment forte. Je lui fais la promesse d'être toujours à ses côtés, quoi qu'il advienne. Je ne le laisserai jamais tomber.

Sur l'instant, ma seule crainte est qu'il ne retrouve pas, à ses yeux, une personne pouvant convenir à ma succession. D'ailleurs, à chaque fois que je lui suggère un nom, c'est « Non ! » À un moment, je glisse volontairement le nom de notre ancien facteur de Gaillac, il n'écoute même pas, ne fait plus attention, il dit « Non », c'est tout...

Ma nuit sera excessivement courte ; je ne peux trouver le sommeil à l'instant de quitter ma famille. Il est près de quatre heures du matin et je ne suis toujours pas couché. Assis sur le grand canapé du salon, je me repasse la finale du championnat 1998, le sacre, les embrassades, je revois aussi les quelques images de notre titre de groupe B en 1996 devant Aurillac, puis celles de notre montée en A2, quinze jours plus tôt lors de notre victoire à Chalon.

Une somme de petits détails m'avaient échappé à l'instant de refermer ce beau livre. Plus je me rapproche de cette dernière journée, plus je ressens cette déchirure. Je sais que Max a prévu une petite fête pour mon départ mais je m'attendais pas à ça... Il se montre excessif en faisant placarder sur le stade Jean-Bouin de grands panneaux sur lesquels on peut lire : « Merci Bernard ! » J'avance et me retrouve face à des centaines de personnes qui portent un tee-shirt marqué du même remerciement, joueurs compris. Je cherche à m'engouffrer le plus vite possible dans un vestiaire du stade. Comment résister, ne pas craquer devant un tel élan ? Max croit bien faire. Mais c'est pire.

Il enfonce le couteau dans la plaie. Je me dis que je ne peux pas partir, qu'il me faut tout annuler.

Heureusement, le jeu, le match, la victoire... Nous sommes tous là, réunis face à la tribune centrale. Dans un instant, de façon officielle, je ne serai plus l'entraîneur du Stade Français. Max pleure avant même de l'annoncer au micro. Rebelote, nous craquons. Il parle de moi, de lui, de nous, de nous tous. Au moment de partir, il ne me sera pas difficile de trouver les mots, seulement d'aller au bout : « Il n'y a pas de grands entraîneurs sans grands joueurs ; c'est à vous que je dois... » À cet instant précis, je ressens la même déchirure que sur le quai de la gare de Gaillac, dix ans plus tôt, à l'heure de mon premier départ de la maison pour Grenoble. C'est tellement atroce de les abandonner là, à mi-saison. Pourtant, il faut mesurer ce qu'est l'incommensurable honneur et le bonheur immense de se voir confier les destinées de l'équipe de France. Mais il y a tant d'affectif, de complicités entre Max et moi, que je ne revivrai jamais plus ça...

La découverte d'un autre monde

1er décembre 1999 : je bascule dans un autre monde, plus puissant, plus médiatique. Je change de vie. Côté carrière, je découvre le siège de la FFR et son président, rencontre d'autres hommes, épouse un nouveau maillot. Côté apparence, relooking complet : petites lunettes ovales... et coupe de cheveux identique (nouvelle tondeuse).

Mais surtout, hier au soir, on m'a fait livrer mon nouvel « uniforme » : celui du XV de France, le blazer frappé du coq tricolore. Imaginez mon émotion : je l'ai mis dans la penderie, sans le regarder; je voulais le découvrir vraiment, tout seul, sans témoin, pour l'admirer longuement, le toucher, le ressentir charnellement.

La FFR est ma nouvelle maison. Belle, à la superbe façade gris clair, refaite à neuf, spacieuse, elle impressionne avant même qu'on en franchisse le seuil. J'élis officiellement domicile au numéro 9 de la rue de Liège, à deux pas de la gare Saint-Lazare, tout près de l'Opéra, au cœur de Paris. C'est une ruche humaine.

Sur quatre niveaux, président, directeurs, élus, salariés, des centaines de personnes s'y pressent et s'y croisent, chacun vacant à ses occupations. Curieusement, je n'y habiterai pas et n'en occuperai jamais une pièce. Mon bureau à moi, c'est le carré vert; ma maison, c'est la France.

À l'instant d'y pénétrer, je ne manifeste aucune crainte particulière. Je ressens plutôt une certaine excitation à l'idée d'affronter un nouveau milieu et de me familiariser avec un fonctionnement qui jusque-là m'était inconnu. J'appartiens à cette grande famille du rugby, bien que je n'aie jamais connu le privilège d'endosser le maillot international pour ne pas avoir montré suffisamment de talent. Je n'ai même pas une sélection départementale à mon actif. Mais je n'en éprouve aucune amertume. Pour la première fois, ce n'est pas un membre de la confrérie de sang bleu qui se voit appelé à la responsabilité suprême.

J'ai trente-cinq ans. Je me trouve propulsé dans le Saint des Saints. Pour le petit Gaillacois, fanatique de rugby, c'est l'accomplissement d'un rêve de lumière; pour l'homme que je suis devenu, c'est une consécration.

Loin de goûter là à une revanche quelconque, je retire une immense fierté et un très grand honneur de cette nomination. C'est dans ces dispositions que j'intègre le monde fédéral qui m'est complètement étranger et contre lequel on m'a mis en garde.

Pourtant, je suis merveilleusement accueilli et recueille une franche adhésion. Toutes les portes me sont ouvertes. Aussitôt, une évidence s'impose à moi : le fonctionnement de la Fédé est soumis à une organisation rigoureuse. Tout est méticuleusement préparé, traité, réglé, ficelé. Chaque secteur est dûment compartimenté. C'est forcément bien différent du Stade Français, où mon champ d'action était illimité. J'acquiers donc rapidement la certitude de devoir me conformer à cette structure afin d'y trouver ma place et de me sentir à mon aise au cœur du dispositif France.

Comme tous mes prédécesseurs, je dois m'imbriquer dans le système et m'impliquer pleinement. Je dois me familiariser avec l'organigramme et, en priorité, avec les « têtes pensantes », au premier rang desquelles Bernard Lapasset, le président, ancien deuxième ligne. Grand par la taille, il l'est aussi par le talent. L'homme est intelligent. J'ai déjà eu l'occasion de l'approcher, de façon informelle, chez les amis Gilbert et Gino Ghirardi, qui tiennent table ouverte dans leur établissement du Sud-Ouest, à Paris. Il y règne une ambiance de feria, très rugby : les petites tables y sont accolées, des photographies s'étalent par dizaines, qui traduisent des amitiés fortes, anciennes ou récentes; celles que Gilbert lie avec ses potes tels que Louis Nucera, ce formidable écrivain poète disparu, le chanteur Alain Barrière, et tant d'autres.

Je devine l'autre face du président. Les grands bonheurs comme les petits, ici, il les vit simplement. Sinon, dans sa Bigorre natale, sa terre jamais oubliée, c'est vélo, marche et champignons.

Je ne sais d'où lui vient l'idée de ma nomination, ni même s'il avait une haute opinion de ma personne avant ma venue à Paris. Bien évidemment, il ne s'en est jamais ouvert à moi. Je me souviens de sa présence à Belfast, lors de la demi-finale de la Coupe d'Europe que nous avions perdue avec le Stade Français face à l'Ulster, début janvier 1999 : une défaite concédée dans des conditions pour le moins particulières. Sur l'instant, je n'y avais pas attaché grande importance. Toutefois, j'avais noté son omniprésence jusque dans l'exiguïté de la salle de presse où j'étais encerclé par une meute de journalistes britanniques et français me harcelant de questions, parfois posées sur un ton acerbe. C'est peut-être ce jour-là, dans un contexte difficile, qu'il a pensé à moi, à moins qu'il ne soit venu me tester...

Nos rapports sont carrés. Il prend toujours en considération mes remarques, essayant d'y apporter des réponses positives quand il le juge souhaitable et possible. La relation que nous établissons est différente de celle que j'ai connue avec Max Guazzini. L'équipe de France, c'est seulement douze rendez-vous par an, par conséquent des semaines entières parfois sans que je l'aie au bout du fil ; si je ne joignais pas Max cinq fois par jour au téléphone, c'est qu'il y avait un problème...

Mes interlocuteurs privilégiés sont Jo Maso et Jean Dunyach, tous deux élus de comités régionaux. À chaque fois que je retrouve Jo, une image me revient : celle d'un centre parmi les plus doués que la France ait jamais connu, qui avait l'art de l'esquive, une course fluide et une gestuelle d'exception, il y a plus de vingt ans déjà...

Plus avant encore, je me souviens que la première fois où je l'ai vu, chez nous à Gaillac, avec le Racing Club Narbonnais des Spanghero, j'avais la trouille de lui quémander un autographe qui eût pourtant comblé de joie l'adolescent que j'étais. J'ai tout entendu sur lui. Ils sont quelques-uns à douter de notre association, de sa bonne marche, persuadés que, tôt ou tard, nous rencontrerons certaines difficultés, du fait de notre différence d'âge mais aussi de ma réputation de patron de club.

D'emblée, je vois que c'est un bon mec. Jo, c'est le grand frère, la classe, la prestance. De la race des grands, il l'est resté. Il me fait profiter de son vécu d'international et me divulgue ses connaissances du milieu. Nous sommes complices, très proches dans notre manière de fonctionner. Nous avons la même philosophie de vie, une concordance de vues sur les hommes. Il est ouvert, tolérant, à l'écoute, très consensuel. En cela, j'ose prétendre lui ressembler. S'il m'arrive d'avoir des coups de gueule, je me fâche très rarement. Sacha Guitry avait une formule magnifique : « Mes ennemis, quand je les aperçois, je suis vengé. » Il en va de même pour tous ceux qui me déçoivent, me trahissent ou tout simplement ne répondent pas à mes attentes. L'indifférence est ma façon de les tenir à distance. Je ne m'entoure que de gens qui adhèrent à certaines conceptions. Sur tous les terrains de la vie, j'ai appris à donner avant de recevoir. Pour avancer, j'ai besoin de comprendre, de savoir pourquoi, comment, et j'ai soif de partage. Je ne pourrais jamais me réaliser, me construire pleinement dans la haine et la jalousie. Évidemment, sur un terrain de rugby, il existe parfois des passages obligés, des périodes qui vous incitent et vous exhortent à utiliser cet esprit revanchard. J'ai d'ailleurs connu ça à Bègles, mais cela ne peut se concevoir ni se réaliser dans la durée. C'est une vision trop réductrice qui, tôt ou tard, se retourne contre vous. Pour une équipe nationale, se révolter c'est faire preuve d'une certaine ouverture d'esprit. Je mettrai davantage de temps à apprécier Jean Dunyach. C'est un homme rude qui ne se livre pas facilement, sauf peut-être quand il attaque un cigare à la fin d'un banquet...

Trois traits caractérisent cet ancien joueur, entraîneur, puis président du comité du Roussillon : sens de l'organisation, rigueur dans la gestion et fidélité. C'est sur lui que repose l'entière responsabilité de la prise en charge de l'équipe de France sur tous les plans, y compris financier.

Jean et Jo ne sont pas seulement des amis de très longue date, et leur relation va bien au-delà de cette passion commune qui les habite pour la petite reine et l'ascension des plus grands cols français : Tourmalet, Galibier, Mont-Ventoux. Ils sont formidablement complémentaires.

Deux mois après ma nomination, voici venu le temps de la première rencontre avec ma nouvelle équipe, notre équipe de France... C'est le 30 janvier à Blagnac, près de Toulouse, et je me trouve face à eux. Je n'oublie pas mon entrée dans le salon doré de l'hôtel Sofitel. Ils sont une bonne trentaine. La plupart me sont connus, certains même ont été mes adversaires sur le terrain, comme Fabien Galthié, avec lequel j'eus quelques heurts, rien de grave, mais je me demande, malgré tout, si nous n'échangeâmes point quelques marrons... Ils se sont regroupés tout au fond de la salle. Pas un n'occupe les quatre premiers rangs. Loin de moi, recroquevillés, ils trahissent une certaine méfiance, m'accueillant avec une légère appréhension.

J'accroche des regards. Ils me renvoient l'image d'un individu sévère, un brin dictatorial, que je véhicule à mon corps défendant. Cette réputation est savamment entretenue, il est vrai, par les deux magnifiques surnoms dont m'ont affublé certains joueurs parisiens. Je ne les remercierai jamais assez de telles trouvailles... Apparemment, elles produisent leur petit effet sur une grande partie de l'assistance. D'emblée, je brise la glace : ce ne sera pas eux et moi, ce sera eux avec moi ou rien du tout. J'indique ce que je crois être le fondement de notre future relation. Je la veux à la fois franche, directe, dénuée de sous-entendus. J'expose tout aussi clairement mon désir de partager et ma volonté d'instaurer un respect mutuel, base essentielle de notre possible réussite.

Grâce à TF1, j'ai pu accéder à l'antichambre des Bleus tout au long de la Coupe du monde. À cette occasion, j'ai eu tout le loisir d'observer, d'épier, avec distance et retenue. Ils savent que certains comportements m'ont déplu, que je ne tolérerai plus désormais. J'y reviendrai plus tard. Ces nouvelles règles de vie, je souhaite qu'elles se mettent en place naturellement. Tous ceux qui n'y souscriront pas s'élimineront d'eux-mêmes. Néanmoins, et c'est primordial, je n'oublie pas de les féliciter chaleureusement pour tout le bonheur qu'ils nous ont procuré en se qualifiant pour la finale de la Coupe du monde.

Après ces premiers contacts avec les joueurs, je découvre enfin, au cœur de la propriété de la maison Ricard, notre nouveau cadre de vie et de travail : le château de La Voisine, mis à la disposition de l'équipe nationale depuis vingt ans. Un grand frisson me parcourt. Je me raidis. Jo s'en rend compte. C'est que vingt ans plus tôt, je m'en souviens encore comme si c'était hier, un samedi matin, j'avais découpé, en ce jour de match de l'équipe de France, une photo du château, paru dans *La Dépêche du Midi*, notre quotidien régional d'informations. Ce cliché, qui montrait Jacques Fouroux sur le perron de l'imposante bâtisse, entouré de sa garde rapprochée, je l'ai conservé une bonne quinzaine de jours dans la poche de mon survêtement. De temps à autre, à la récréation, je lui jetais subrepticement un coup d'œil : secret d'État ! La Voisine, c'était mon château de la Belle au bois dormant.

J'imagine alors le caporal Jacques Fouroux faisant disputer des mêlées dans le salon feutré, tout en invitant ses avants à ne pas commettre d'irréparables outrages. Troupeau d'éléphants dans un magasin de porcelaine ! Ou plus encore, j'imagine mes héros de l'époque, les Rives, Vaquerin, Astre, Gallion, Berbizier, Blanco et tant d'autres refaire le monde – celui d'Ovalie – jusqu'à l'aube. J'imagine enfin « Obélix » Palmié se lever, en pleine nuit, avec quelques frères d'armes pour vider illico bar et frigo.

Dans mes rêves, c'était le lieu sacré du XV de France. Il s'en dégage forcément une atmosphère surnaturelle. Cette ambiance-là, je la détecte dès mon arrivée. C'est une belle maison de maître dotée de dépendances et d'un haras qui abrite, à l'entrée de la propriété, quelques très beaux pur-sang. Elle se love au cœur d'un parc majestueux de plusieurs hectares, parfaitement entretenu, que baigne un lac dont les contours épousent parfaitement les lisières de la forêt de Rambouillet; le tout à deux pas de Clairefontaine et du Centre technique national de la Fédération française de football, situé de l'autre côté de la route.

Au moment d'installer ses quartiers, la jeune génération boude. Dans leur chambre exiguë, nul confort auquel la société d'aujourd'hui les a habitués : pas de télévision, aucun branchement possible permettant de visionner le dernier DVD à la mode ou de jouer avec la toute nouvelle console. Et, pour utiliser son portable, il est fortement recommandé de se pencher à la fenêtre, la tête en bas, dans l'espoir de capter par intermittence un hypothétique réseau. Nous sommes presque coupés du monde.

Je loge sous les toits, au numéro 9. Belle destinée. La tradition veut que tous les entraîneurs occupent cette chambre simple, moquettée de blanc, ce qui est un luxe. C'est la première nuit que je passe dans cette pièce. Il y fait terriblement froid, le chauffage peine, le pommeau de la douche laisse couler un filet d'eau froide. Je me remémore mon équipement de la nuit : ma double paire de chaussettes, mon pyjama à manches longues et mon bonnet de laine, ce qui amuse beaucoup mon voisin de palier, Jo Maso, promu au numéro 10. Je ne dors pas, habité par le bonheur de me trouver là. Je goûte cet instant magique dans la solitude et le silence de la nuit que seuls déchirent, de loin en loin, le cri d'une chouette, le déboulé d'un marcassin ou la fuite d'une biche, ici en leur royaume. Dès le lendemain, au petit-déjeuner, je découvre le fonctionnement du lieu. L'équipe de France, c'est du pur jus, du concentré. C'est trois mois, douze semaines. De là, la nécessité d'être très fort. Sur le moment, je n'en ai pas conscience. Je viens d'une structure de club où un travail en profondeur peut réellement s'accomplir en partenariat avec des joueurs plus ou moins formés à un style de jeu, de vie, à des convictions et dont vous suivez pas à pas, jour après jour, la marche et la progression.

Ici, la réalité est tout autre. On bénéficie de leur concours environ une quinzaine de jours seulement. Des complicités de vie, de terrain, se créent, et puis tout s'arrête. On ne les revoit plus pendant trois mois. C'est une terrible frustration qui s'accompagne d'une incroyable sensation de dépendance. On ne fait que subir, on devance rarement l'appel.

C'est insupportable. Comme si, dès le départ, un joueur d'échecs comptait systématiquement un coup de retard face à son adversaire.

La nouvelle donne

Mon premier Tournoi des Six Nations achevé, tout me semble limpide. Mon rôle n'est pas celui que je crois, je suis davantage sélectionneur-manager qu'entraîneur. Je me sens encore profondément meurtri par les événements du 10 novembre 1997 et l'incroyable déculottée que nous administre l'Afrique du Sud (52 à 10) à Paris. De bien tristes adieux au Parc des Princes. Ce jour-là, je quitte le stade, K.-O. debout, les larmes aux yeux. L'entraîneur du Stade Français que je suis alors se sent tout aussi responsable de cette déroute que les deux coachs de l'époque : Jean-Claude Skrela et Pierre Villepreux. Les faits interpellent. Comment se fait-il que nos joueurs soient complètement dépassés sur le plan du rythme, de la vitesse d'exécution, de la technique pure, du physique ?

Toutefois, je ne suis pas dupe quant à ma réelle contribution dans le résultat plutôt probant de notre première prestation dans le Tournoi des Six Nations contre le pays de Galles, à Cardiff (36 à 3). Soyons lucides, en seulement quatre jours de préparation, mon discours novateur, ma nouvelle organisation et ma façon toute personnelle d'appréhender les événements ne suffisent pas à tout expliquer, loin s'en faut. Je saisis rapidement que j'ai moins de poids dans le facteur technique que, peut-être, dans ma façon de manager les hommes. Effectivement, ce n'est pas moi qui, en trois jours, vais pouvoir apprendre à un joueur à faire une passe à droite s'il n'en est pas capable. J'ai la conviction qu'un entraîneur de club a davantage de pouvoir que celui du XV de France. Pour devenir véritablement performants, il faut nous retrouver plus souvent.

Conséquence évidente, il m'apparaît capital de me rapprocher de tous les entraîneurs de club, ceux-là même qui bénéficient du concours des joueurs tout au long de l'année et qui, à ce titre, peuvent véritablement influencer leurs comportements, leur préparation physique, leur capacité à améliorer et à peaufiner leur technique pure. Le tout, bien évidemment, de concert et en totale harmonie avec notre staff.

Compte tenu du peu de temps dont nous disposons, notamment par rapport aux nations du Sud, qui jouissent de grandes plages de travail et surtout d'une continuité d'action, cette volonté affichée de rapprochement me semble indispensable. J'en fais une résolution forte. Je n'imagine pas cette entreprise autrement que dans le partage. Mon bonheur, c'est aussi celui des autres, et je tiens fermement à faire comprendre aux différents entraîneurs que cette équipe de France, c'est aussi et surtout la leur. Depuis des décennies, on doit se recommander d'une école ou d'une autre, en être un produit « formaté », si bien qu'au final, cette équipe de France, aussi aimée que décriée, n'obtient l'adhésion que de la moitié des techniciens. À mon sens, c'est intolérable.

Tous les entraîneurs n'épousent pas forcément mes convictions et mes choix de jeu. Ils sont même quelques-uns mais plutôt rares, j'en suis heureux, à formuler certaines critiques, à clamer leurs différences. Cela ne me gêne aucunement, à condition que ça s'inscrive dans une volonté de débat constructif. C'est la raison pour laquelle, nous nous tournons, dans un premier temps, vers Guy Novès (Toulouse), Jacques Brunel (Pau) et Michel Couturas (Bourgoin). Reconnus pour leurs compétences, nous attendons d'eux qu'ils nous aident dans cette tentative de rapprochement et d'élaboration de travail en commun, je dirais en communion.

Dans le même ordre d'idées, il m'apparaît judicieux de m'entourer de plusieurs adjoints qualifiés au sein d'un staff élargi, revu et corrigé. J'aurais considéré comme une grave erreur d'appréciation de ne pas le concevoir et de vouloir tout centraliser autour de ma propre personne. Surtout pas de crise d'ego. Dès ma prise de fonctions, je cogite donc à une possible collaboration et pense déjà, compte tenu des disponibilités, à quelques personnalités telles que Patrice Lagisquet et Laurent Seigne.

Jacques Brunel, libéré de Pau, s'impose tout naturellement. Avant notre première collaboration, je ne le connais que de réputation, plutôt élogieuse à en croire Fabien Galthié.

Excepté sa moustache à la Lee Van Cleef, sa Gitane sans filtre et son faible pied gauche au foot, nos points communs sont évidents. Nous venons tous deux de la terre, lui du Gers, moi du Tarn, nous sommes pragmatiques, tenaces, compétiteurs et d'invétérés râleurs. Nous n'avons pas besoin de nous concerter pour partager des sentiments similaires, pour produire des analyses semblables sur un terrain. Nous avons la même conception de ce jeu, la même vision. Notre relation est forte, authentique. Je ne tente jamais de lui imposer quoi que ce soit. C'est un chercheur. J'apprécie d'étudier en sa compagnie, des heures durant, une vidéo. Quand il commence à se frotter les moustaches de la main droite, c'est bon signe, c'est que ça va durer. C'est un grand passionné, un affectif. Je n'ai pas le souvenir d'une seule anicroche entre nous.

Voici cinq ans que je me rends régulièrement dans l'autre hémisphère, notamment en Australie et en Nouvelle-Zélande, chez les maîtres de ce jeu, devenus professionnels depuis 1995. Sur place, je suis confronté à ce qui se fait de mieux, en termes de structures, recherches, organisation. Comme à l'école, sauf que celle-ci me passionne, je me fais tout petit, j'écoute, j'observe, j'apprends et j'enregistre. C'est toujours très enrichissant de pouvoir apprécier le travail des autres, surtout quand ils vous sont supérieurs. Toutefois, dans mon esprit, il ne saurait être question de nous calquer bêtement sur ces pratiques et ces feuilles de route venues de l'autre bout du monde. Leur mode de fonctionnement me conforte dans cette exigence de précision, de méticulosité, de fonctionnalisme, devenue chez moi une véritable obsession. Une question me hante : « Ce sont les meilleurs, mais comment faire pour les rattraper, voire les devancer ? »

Une saison est nécessaire pour mettre sur pied cette nouvelle organisation et faire en sorte qu'elle tourne à plein régime, en adéquation avec les composantes propres au rugby français. Trois axes forts sont définis : la préparation physique, la défense et la vidéo.

Formé à l'école de l'athlétisme et passé par le foot, Daniel Servais, que l'on m'a chaudement recommandé à l'époque au Stade Français, prend la direction de tout le secteur physique. Il est en charge du suivi et du relationnel avec tous les clubs ainsi que de la bonne marche, conjointement avec le staff médical, des tests physiques et biologiques, beaucoup plus fréquents et poussés qu'auparavant. Notre retard sur le plan physique est patent, mais nous allons le combler. La professionnalisation des clubs, la prise de conscience de cette lacune et le travail programmé par les différents intervenants vont grandement nous faciliter la tâche. Notre léger retard ne se quantifie plus qu'en terme de tonicité musculaire. Les Sudistes gardent encore sur nous l'avantage d'une percussion supérieure à l'impact.

Un spécialiste du domaine défensif est recruté. Le choix se porte sur un Anglais, David Ellis. Il parle notre langue et, surtout, il appartient à la meilleure école de défense au monde, celle du XIII. Il bénéficie d'une très bonne réputation. Ce qui me plaît dans sa démarche, c'est sa soif de connaissances. Curieux de tout, il parcourt le monde, en avion et sur le Net, à la recherche du moindre détail susceptible de conforter ses options, d'affiner et améliorer son système. C'est lui, par exemple, qui nous familiarisera avec les bienfaits techniques du Rules, le football australien, premier sport dans ce pays avec un million et demi de pratiquants. Mélange de football et de rugby, tous les coups, à la main comme au pied, y sont autorisés. L'attrait principal de ce sport réside dans la formidable technique de prises de balle sur chandelles et renvois qu'il développe. C'est la base essentielle de ce jeu, mais aussi du nôtre. Les spécialistes sont notés à hauteur de quatre-vingt-dix-sept pour cent de réussite. Certains de nos joueurs, les arrières, les troisièmes lignes, sauront retenir la leçon : impulsion de saut différente, buste droit, genoux hauts pour aller plus loin et se protéger, bras en l'air, détachés du corps, pour davantage de précision et de sécurité afin de capter les ballons. David Ellis nous apporte donc toutes ces petites innovations techniques, inspirées d'autres sports, pour les mettre au service de notre discipline.

Le deuxième secteur qu'il est primordial de développer est celui de la vidéo, devenue incontournable. Aujourd'hui, la pratique du rugby n'est plus la même : cela tient essentiellement à la capacité de déplacement des avants. Compte tenu des progrès physiques considérables, des séances biquotidiennes d'entraînement, toutes les grandes nations évoluent quasiment avec huit troisièmes lignes. Les dimensions de l'aire de jeu n'ont pas bougé d'un pouce : les performances accrues par l'acquisition de cette dimension athlétique supérieure portent néanmoins leurs fruits : pour preuve, le record mondial de plaquages battu dans un match par Serge Betsen, auteur d'un fameux vingt-sept « tampons » devant le pays de Galles lors du Tournoi 2000. Le même jour, Pieter de Villiers en réussit treize. Les logiciels informatiques possèdent moult avantages. D'abord, ils nous permettent d'aller à l'essentiel. Des vidéos, courtes, précises, très concentrées nous permettent véritablement de capter l'attention et l'intérêt du joueur. Le système vidéo a toujours existé, mais, par le passé, on perdait considérablement de temps à avancer puis reculer la bande pour repérer l'action choisie sur une cassette. Désormais, on appuie sur « touche » et ce sont d'autres touches qui défilent, idem pour les mêlées, les renvois... De même, quand nous voulons étudier le système défensif de notre adversaire, son jeu d'attaque, nous le visionnons en quelques secondes, de façon très ciblée et détaillée. C'est un vrai confort de travail. Cela dit, il ne suffit pas de passer des heures devant une vidéo pour gagner à chaque fois, fort heureusement. Ainsi, tous les judokas asiatiques ont tenté, des jours et des nuits durant, de décrypter le jeu de David Douillet sur vidéo sans qu'aucun d'entre eux ne l'ait pour autant battu. Il s'agit tout simplement d'une donnée supplémentaire qui permet non seulement d'apprécier les forces et les faiblesses de l'adversaire mais encore de corriger ses propres manques techniques par une analyse fine de sa prestation ; ce qui facilite le travail de correction. À titre d'exemple, nous sommes champions de France avec le Stade Français, en 1998, sans avoir utilisé ni travaillé l'arme du contre en touche ; ce qui est proprement impensable à ce jour. La vidéo, en cela, est une mine d'informations.

Si, dans un premier temps, ces trois entités s'avèrent essentielles, je souhaite rapidement affiner le travail de notre staff par l'intégration, ô combien précieuse, de Bernard Viviès et Joël Dumé.

Bernard Viviès, ancien international, grand joueur et buteur d'Agen, est à la fois le confident des buteurs, l'ami le plus proche, le plus apte à comprendre et à savoir comment répondre aux possibles interrogations, aux absences et aux doutes d'un joueur. Il a connu et surtout longuement expérimenté ce poste où il a réussi. Son intervention se veut précise, efficace, se portant sur des petits détails, des petits repères qui font la différence entre un bon et un grand rugbyman.

Joël Dumé est là pour démythifier l'arbitre aux yeux des joueurs. Ils s'aperçoivent que ce dernier, que l'on prend trop souvent pour un flic sifflet en bouche, aux pénalités forcément injustes, est un homme comme les autres, avec ses certitudes mais aussi ses doutes, et qu'il a le droit à l'erreur. Sa première intervention au château La Voisine me rappelle étrangement la rentrée des classes à l'école La Clavelle, à Gaillac. Les joueurs se précipitent au fond de la salle comme pour marquer une certaine distance. Attitude plutôt amusante. De prime abord, personne ne pose de questions, et puis voilà qu'un pilier s'élance ; machinalement, il lève le doigt comme un élève interrogerait son nouveau maître. Pour la première fois, nous allons parler sans tabous, aller au fond des choses, évoquer tous les sujets, même ceux qui fâchent. Sa présence est une réussite, elle a un double impact : psychologique bien sûr, professionnel ensuite. Qui mieux qu'un arbitre international reconnu peut nous expliquer la règle et répondre à toutes nos interrogations ? Qui mieux que lui, au fait des différentes interprétations, est capable de nous sensibiliser sur le discours, le vrai comportement à avoir sur un terrain ? Ce premier face-à-face va durer plus longtemps que prévu. Deux mondes qui refusaient jusqu'alors de se livrer l'un à l'autre se découvrent. Le rôle de Joël Dumé devient essentiel. Les joueurs sont demandeurs et particulièrement attentifs à ses explications. Je n'oublie pas qu'un soir certains joueurs s'inquiètent même de savoir s'il sera des nôtres alors qu'exceptionnellement il est retenu ailleurs.

Tranches de vie

Au plus profond de moi, une date, le 29 janvier 2000, reste à jamais gravée au balancier de l'horloge de ma vie. Je crois avoir tout prévu, tout imaginé, mais pas cela. Leni Matiu, colosse samoan de cent vingt kilos, à la tête de poupon, me barre le chemin, me fixe et m'annonce d'une voix douce le départ de sa petite merveille des îles, Laina, à peine arrivée et déjà au paradis des anges. Quelques jours auparavant, à Biarritz, je l'entends encore évoquer son sourire et le bonheur qu'il éprouve à lui offrir son premier maillot du XV de France. Pour l'heure, Matiu est là, devant moi, foudroyé, et je suis vide, désemparé, incapable de le serrer dans mes bras. Dans la vie d'un homme, il y a des regards qui comptent, qui vous collent à la peau, de façon indélébile. De même que je n'oublierai jamais les yeux d'André Moga à l'instant de quitter ce monde, je n'oublierai pas le timbre de la voix de Leni. Pour la famille de Matiu, très croyante, la mort ne représente qu'un passage qui mène à une autre vie. Il faut être allé aux îles Samoa, à Apia et dans la campagne environnante, pour comprendre ce qu'ils ressentent, la foi qui les habite. Vai Tuigamala, « petit Lomu » devenu grande star au pays des All Blacks, l'un des plus grands joueurs qu'aient connu les Samoa, énonce une formule qui résume parfaitement cet état d'esprit alors qu'il se trouve au sommet de sa gloire : « Ma seule ambition, c'est d'être un bon chrétien, pas un grand rugbyman. »

Après d'ultimes chants wallisiens dans une toute petite église de Biarritz, entouré de ses potes Pueloto et Osborne, guitare à la main, Leni me fait savoir qu'il tient absolument à disputer le match contre le pays de Galles, prévu pour le 5 février. Quatre jours durant, nous allons faire « comme si ». Ce match, mon premier à la tête de l'équipe de France, est important. Nous n'évoquons pas le sujet. Matiu fait preuve d'un courage, d'une force de détachement incroyable. Je sais déjà que la remise du maillot sera une terrible épreuve. Je n'en dors pas. Et quand je trouve enfin le sommeil, il est de courte durée. À quatre heures du matin, veille du match, le téléphone sonne. Richard Dourthe ne se sent pas bien, il est malade. Le médecin est à son chevet. Il faut alors parer au plus pressé et annoncer sa défection. J'ai l'impression de vivre un cauchemar.

L'heure tant redoutée est arrivée. Je ne remets que trois maillots dont celui de Leni. J'évite de le fixer trop longtemps dans les yeux pour ne pas être submergé par l'émotion et l'atmosphère qui règne dans cette salle. Je lui dis simplement : « Le rugby demeure la plus grande passion de ma vie mais le père que je suis n'aurait eu ni ton courage ni suffisamment de force en lui pour se comporter comme tu le fais. » Ma main tremble à l'instant de lui poser le maillot sur l'épaule. Dans la foulée, je remets presque mécaniquement celui de Fabien Pelous, que je choisis comme capitaine. Je compte sur lui. Ma dernière intervention est tout aussi chargée de symbole. Je tiens expressément à m'adresser à Raphaël Ibanez auquel je viens de retirer le dossard numéro 2 et le grade de capitaine pour lui offrir seulement un maillot de remplaçant, le 16. Je veux qu'il sache et lui déclare : « Je sais que je te fais mal, mais en décidant de te donner ce maillot, je choisis aussi de ne pas te fermer la porte. » Nous commettons tous des erreurs, moi le premier. Et je crois sincèrement que je me suis trompé sur lui. De l'extérieur, je ne crois pas qu'il possède la dimension, le charisme d'un capitaine, et je doute qu'il ait l'écoute de ses partenaires. Il sait qu'il n'a pas ma confiance. Il ne dit pas un mot, il se remet en cause, se reprend et me prouve que je fais fausse route. Plus tard, il reprendra sa place, plus fort, plus mûr.

L'Arms Park de Cardiff, refait à neuf, est un œuf en béton sorti de terre et érigé au cœur de la ville, à quelques centaines de mètres des principales artères qui déversent des milliers de supporters, chope de bière à la main. Ce stade fait resurgir en ma mémoire des souvenirs merveilleux de l'enfance.

J'éprouvais alors une tendresse particulière pour ces Gallois, ces « monstres » de joueurs fameux qu'étaient Gareth Edwards, Phil Benett, J.P.R. Williams, J.J. Williams, R. Fenwick, seuls Britanniques à trouver grâce à mes yeux, en ce temps-là. À chaque grand-messe du Tournoi, le samedi, je me précipitais sur le bouton marron de notre poste de télévision pour monter le volume afin de ne rien manquer du souffle de ces chants guerriers.

Mon père, lui, pestait. Moi, je trépignais de joie sur mon fauteuil à la quasi-certitude de vivre en direct un tremblement de terre. Une année, j'avais même découpé dans une revue les paroles de l'hymne gallois, pour m'y essayer, le moment venu. Je ne savais pas un mot d'anglais et chantais terriblement faux. Plus tard, je filais au café des Sports profiter d'une salle à moitié sourde (!) pour mettre le son à fond...

Ici et maintenant, trente ans plus tard, à l'instant de pénétrer sur cette pelouse majestueuse dont je me faisais tout un monde, j'ai de nouveau la tremblote. Je ne suis pas au bout de mes émotions. Voici *La Marseillaise.* Je m'y lance résolument après un début plutôt hésitant. « Papa, tu ne vas pas nous faire honte », m'avait glissé quelques semaines auparavant mon fils Baptiste. « Et tu chantes, tu ne cries pas. » Alors, je chante et je pleure aussi, forcément. Une fois de plus le film de ma vie défile sous mes yeux, bobine en noir et blanc à la Lelouch. Je ne me suis pas préparé à remonter le temps, si vite. Des images de Gaillac, Bordeaux, Paris resurgissent alors plus poignantes les unes que les autres, des visages qui n'en sont plus, ceux de Maysou, Moga, Vaquerin, d'autres à qui je dois beaucoup, sinon tout, comme Guazzini, et puis Leni qui se trouve en bas, que je fixe. Il chante, il ne pleure pas. De drôles de sentiments m'habitent. Heureux, je le suis, triste aussi, car j'aimerais que tout ceux qui comptent ou qui ont compté pour moi soient là, à mes côtés. Merde, foutue vie. À l'évocation de l'hymne gallois, je préfère regarder le ciel. Je mesure alors la force et le souffle de ce peuple qui souffre en silence de ne plus être fier de son rugby de jadis, porte-drapeau d'une nation. Impossible de ne pas le ressentir. Ces chants, une sensation de séisme vécu. J'imagine combien forte en fut la magie, à leur grande époque. Moi, je serai venu uniquement pour entendre cet hymne et les battements de cœur de ce peuple.

Sur le terrain, nos affaires sont rondement menées pour un score sans appel (36 à 3). Nous sommes bien en place, rigoureux, précis, concentrés, et Castaignède traverse par deux fois le terrain pour sceller le sort d'une bien faible nation galloise. La presse s'en donne à cœur joie : « Par la (grande) porte », titre *Midi olympique.*

Les choses de ce monde sont ainsi faites qu'à l'instant de me recueillir tout seul dans ma chambre d'hôtel, avant que ne reprenne le tourbillon de la nuit et d'un premier banquet, je ne ressens que des sentiments mitigés. À la fois le grand bonheur d'une première victoire, probante, et cette sensation d'avoir très mal vécu ce grand moment de ma vie. Oui, je l'ai mal vécu de me retrouver pour la première fois dans une tribune, en costard, très loin du terrain, de mes joueurs. Mon seul recours, mon seul lien avec eux, un talkie-walkie qui bien évidemment fonctionne un coup sur deux. Là, assis, apparemment stoïque et serein, je prends conscience que je ne suis plus acteur, je mesure combien je suis loin de l'action. Je ne peux même pas asséner quelques bons coups de chaussure dans la talanquère, un vieux dirigeant gallois, dur au mal, m'ayant fait clairement comprendre de son œil noir qu'il ne compte plus encaisser la monnaie sans la rendre. Je suis désemparé, comme si soudain tout m'échappait.

Sur le terrain, on ne ressent pas une telle frustration. Sur le banc de touche, on a la sensation de pouvoir influencer le cours des événements, pas dans la tribune. De mon premier banquet, de cette soirée si particulière, propre à notre philosophie d'existence, je garde en mémoire ces tables blanches, ces discours qui n'en finissent plus, ces quatre cents personnes toutes générations confondues, hors du temps, qui prennent justement le leur, comme une parenthèse...

Je me remémore aussi et surtout une anecdote amusante : au détour d'une table, je croise non sans émotion Gareth Edwards. Je ne sais s'il se rend compte de mon immense bonheur. Je ne peux résister et l'entraîneur de l'équipe de France que je suis alors lui demande un autographe. « C'est pour votre fils ? » se renseigne-t-il, un brin surpris. Ce à quoi je lui réponds : « Non, c'est pour le père. » Grand éclat de rire.

Nous conversons une bonne demi-heure, assis là sur un coin de table. Il me fait savoir toute l'admiration qu'il nous porte. Il adore la France, pays qu'il connaît bien pour y passer ses vacances et se sent infiniment proche de notre système de jeu, cette capacité à développer ce « french flair » qui ne cesse de le ravir et de l'étonner. De mon côté, très modestement, je lui parle du numéro 9 de Gaillac, qui habitait chez moi jadis et qui lui vouait une passion dévorante. J'en profite pour lui demander, vingt ans plus tard, le secret de sa passe inversée, ce à quoi il me rétorque que c'est une spécialité galloise et non gaillacoise. Je me souviens aussi avoir vainement tenté de la reproduire, à la tombée de la nuit, dans la cour du voisin : résultat, un carreau cassé. Ma première rencontre avec Gareth Edwards me conforte dans l'idée qu'un homme de grande classe, intelligent dans la vie, a des chances de l'être sur le terrain. Si d'aventure le talent s'en mêle...

Un deuxième grand bonheur va éclairer cette saison : le 18 novembre 2000, devant soixante mille spectateurs véritablement en transe au Stade Vélodrome de Marseille, dans ce temple du foot, nous battons les All Blacks auxquels nous infligeons quarante-deux points (42 à 33 précisément), un an tout juste après notre mémorable victoire de Twickenham, en demi-finale de la Coupe du monde. Succès qui avait plongé dans le noir, couleur du maillot néo-zélandais, tout un peuple humilié. Je n'en ai jamais parlé mais, durant l'été, alors que je me trouvais en Afrique du Sud afin d'assister aux Tri-Nations, notamment au match Afrique du Sud - Nouvelle-Zélande, Jonah Lomu, apprenant ma présence à l'hôtel et ma nomination à la tête de l'équipe de France, avait refusé non seulement de me parler mais encore de me serrer la main. Il m'avait tout simplement fait passer un mot : « Le prochain Français que je rencontrerai, ce sera sur le terrain. » Sur l'instant, j'aurais volontiers croisé le fer avec lui, tout au moins en paroles, tant j'avais trouvé sa façon de m'écarter peu élégante. J'ai vu dans ce geste la résultante d'une double conjonction : l'humiliation et la déception d'une défaite surprise sur laquelle il n'y avait rien à dire.

Les Néo-Zélandais l'ont perçu comme une provocation ; faut-il le rappeler, le Haka demeure un acte essentiel de leur tradition, de leur culture. C'est un chant guerrier. C'est la raison pour laquelle je n'ai pas souhaité faire d'esclandre. Jonah Lomu, lui-même, s'était fendu, à Paris, d'une poignée de main avant de repartir, blessé, et après avoir remporté de haute lutte la première manche face à la France (39 à 26). Notre triomphe, à l'unisson du sentiment de fierté de notre peuple, me suffit amplement et me comble d'aise. Jérôme Gallion, venu remettre les maillots, a des mots touchants. En un clin d'œil, il a compris : « Soyez grands, ce soir, soyez forts dans vos têtes, dans vos gestes, dans tout ce que vous ferez, entreprendrez. » Ce soir-là, dans l'air, il y a comme un étrange parfum, griserie et tourbillon à venir...

Nous logeons à Aix et notre arrivée au stade est épique. Les motards n'arrivent même pas à se frayer un chemin sur la route tortueuse qui mène au Vélodrome. C'est la paralysie totale et le ton monte. D'abord sur le macadam, où ils éprouvent de sérieuses difficultés à faire respecter la priorité du convoi. Ensuite dans le bus, où les joueurs sont passablement agacés. Je n'ai jamais vu ça ; c'est complètement fou. À moins d'une heure du coup d'envoi du deuxième test-match contre la Nouvelle-Zélande, le XV de France est bloqué à quelques kilomètres du stade, à l'intérieur d'un bus, entouré de centaines de supporters, dans l'incapacité d'avancer. Je me vois alors préparer l'échauffement dans le couloir central du car. Tout le staff médical s'affaire, les joueurs, tendus, à cran, gagnent du temps sur leur petite préparation personnelle, certains enfilant même leurs chaussettes.

D'un coup, le thermomètre grimpe. Avec Jo Maso, nous préparons psychologiquement le chauffeur du car à remonter la grande avenue de l'autre côté, les motards en éclaireur debout sur leurs motos. Western des Temps modernes. C'est tout bonnement irréel.

Nous débarquons « chauds bouillants » au Vélodrome quarante-deux minutes avant le coup d'envoi.

Pour la première fois de ma vie, j'ai cru ne jamais y parvenir. Les motards viennent de remporter leur match, une belle victoire, ils sont à terre, exténués, engloutissant des litres d'eau. Dans la coulisse, l'ensemble du le staff fonce directement sur le terrain. Tout se règle en quelques secondes. Je ne sais s'il faut y voir une relation de cause à effet, mais ce match-là, qui a débuté dans le bus, nous allons le continuer dans la lancée sur le terrain en marquant deux essais de rêve en sept minutes ; Garbajosa et Magne provoquant l'embrasement du stade. Je ne ressentirai jamais plus une telle fusion, une telle intensité électrique entre un public et son équipe. C'est unique. Je vis ce moment à part très sereinement, avec un certain recul, ce qui me le fait apprécier davantage. C'est notre première véritable prestation accomplie de bout en bout face à cette grande nation du Sud. Au-delà de la victoire, du tour d'honneur, de *La Marseillaise* entonnée sur le final, je retiens deux faits hautement symboliques : des centaines de supporters, couleurs Sud, croix occitanes sur fond sang et or, drapeaux français, toulonnais et catalans, qui nous transportent littéralement du Vélodrome à la salle de réception, seulement distante de quelques centaines de mètres... et ce concert de klaxons qui retentissent sur le Vieux-Port, complètement bloqué à deux heures du matin, comme à la grande époque de l'OM, celle de Bernard Tapie..., comme si sous le regard amusé et enjoué d'une Bonne Mère distribuant ses « grâces ovales », Marseille, temple du foot, était prise de folie pour le rugby, dévorée par une passion soudaine. Nuit magique.

L'espoir vient toujours du sud. Ce nouveau coup de tonnerre me conforte dans l'idée d'imposer très vite une nouvelle donne, et surtout la nouvelle génération. En quittant Marseille, j'ai le sentiment que certains viennent d'apposer leurs dernières dédicaces, les plus belles : Sadourny, Juillet (ce dernier a accepté de revenir sur sa retraite internationale pour me donner un coup de main), Landreau.

Notre deuxième Tournoi, décevant, tronqué pour cause de fièvre aphteuse, va accélérer la mise à feu de ce profond changement. La France est malade. Je ne peux l'accepter. Il nous faut oser, innover, prendre des risques mais pas n'importe lesquels. C'est tout l'enjeu de notre tournée en Afrique du Sud.

Nous embarquons avec six gamins dont certains n'affichent pas vingt ans sur leur passeport, voilà mon défi : les Jeanjean, Jauzion, Skrela, Vermeulen, Bouilhou et Milloud. Et banco pour Tabacco ! Pour compléter ce dispositif de commando, je relance deux joueurs aux abonnés absents des Bleus : Jean-Jacques Crenca et Olivier Brouzet. Enfin, je demande à Fabien Galthié de prendre les affaires en main à la place de Fabien Pelous que je n'emmène pas. Nous en conversons la veille au soir de l'annonce. Je le sais touché, vexé. Mais, au fond de moi, je sens que c'est la bonne décision. Il est éreinté. Ma conviction est faite, Magne, Brouzet et Ibanez seront les lieutenants de Galthié, ses premiers soutiens lors de cette tournée-suicide. Le terme n'est évidemment pas de moi, mais il s'étale à la une de toute la presse sud-africaine dès notre arrivée à Johannesburg, le 10 juin au soir. Je fais acheter des journaux à la hâte et les laisse traîner. Tim Lane, ancien entraîneur de l'ASM, devenu coach adjoint des Boks, me rend un fier premier service : « C'est une tournée suicidaire. La France va encaisser cent cinquante points en trois matchs. » Depuis l'hexagone, quelques jours auparavant, il a fait parvenir par mail des renseignements précis sur chaque nouveau joueur français. Personne ne les connaît dans le staff boks. La réaction des plus jeunes me ravit : pas un mot. Les journaux sont lus, puis abandonnés sur place. Tout le monde est à son sac et à son walkman. La presse sud-africaine est intriguée. Elle assaille Pieter de Villiers de retour au Cap. Chacun veut savoir pourquoi cette bande de gamins. Et pourquoi pas ?

16 juin 2001 : dans quelques heures, nous disputons le premier test à l'Ellis Park de Johannesburg devant soixante mille Sud-Africains qui viennent assister à la punition. Il est 8 h 04, nous sommes deux à nous retrouver au petit-déjeuner : Jacques Brunel et moi. À dire vrai, nous n'en menons pas large. Nous n'avons pas peur, mais certaines interrogations demeurent, compte tenu du contexte et du nombre élevé de débutants. Jacques me glisse : « Je tourne en rond dans ma chambre depuis quatre heures du matin. » À cet instant précis, Nicolas Jeanjean nous rejoint et nous lâche, sans le savoir, la phrase qui tue : « J'ai dormi comme un bébé, dix heures de rang. » Goguenard, la moustache pas encore réveillée, Jacques le regarde d'un œil noir. Jo en sourit. La nouvelle génération nous donne la plus belle leçon de maintien qui soit. Alors que tout le staff, dirigeants et amis, se fait du mouron, un sang d'encre, nos jeunes disputent une partie de ping-pong et un concours de fléchettes à trois heures du coup d'envoi. D'un coup, d'un seul, nous nous trouvons confrontés à une toute autre conception de la vie, à une toute autre génération. En quatre jours, je m'en rends compte. Tous ces jeunes ne pratiquent pas, ne vivent pas le rugby comme nous le faisons. Ce qui ne veut pas dire qu'ils ne l'aiment pas. Ils jouent, c'est tout. C'est sûrement beaucoup, dans ce contexte si particulier. Et je n'oublierai pas de sitôt le comportement de Nicolas Jeanjean, fendant la foule de supporters des Boks plutôt hostiles, à notre descente du car, sans avoir le moindre regard pour eux ni éprouver la moindre crainte.

Le stade, l'ambiance, ce lieu mythique où Piennar reçut la Coupe du monde 1995 des mains de Nelson Mandela, rien ne semble devoir les déstabiliser. Pas même ce diable de Paulse, redoutable ailier de couleur qui inscrit au bout de cinquante-deux secondes le premier essai. À cet instant précis, j'imagine le pire, mais je suis bluffé par tant de culot et d'à-propos. Notre stratégie fonctionne à merveille : elle s'articule autour de Patrick Tabacco, qui va se révéler au monde et planer sur l'Ellis Park.

Patrick règne en maître et coupe les ailes et les rampes de lancement d'un jeu sud-africain physique mais sans génie. Onze ballons perdus dans l'alignement pour cinq prises directes en contre. Je me souviens de notre officier de liaison, un jeune étudiant du Cap ayant appris le français en Lozère, chez une vieille tante, encore sous le choc de notre victoire et qui prononcera, sur sa prestation, ces quelques mots devant le vestiaire : « Tabacco dans les airs, c'est Concorde. » Un albatros...

Quelques mots sur lui : sa venue à Paris est proprement rocambolesque. Fan de la chanteuse Hélène Segara, Patrick demande à Max Guazzini s'il peut lui obtenir des places pour un hypothétique concert. Max lui propose mieux : une rencontre à son studio d'enregistrement contre une signature au Stade Français. Ce grand échassier de deux mètres va passer l'année à piquer du nez sur le banc de touche. Il n'entre pas dans les plans de John Connolly, l'entraîneur australien, qui ne le fera jouer qu'à trois reprises en position de numéro 8, durant toute une saison. Tabacco fulmine. J'ai dans l'idée de tenter le pari. Je l'évoque même avec John Connolly, au soir de la défaite de Paris en finale de la Coupe d'Europe devant Leicester, au Parc des Princes. Tabacco vient de jouer une demi-heure et, à mon grand étonnement, Connolly avoue implicitement son erreur. Il me dit qu'il possède la dimension internationale, qu'il ferait un superbe deuxième ligne moderne.

Moi, c'est en huit qu'il m'intéresse. Il est l'un des meilleurs spécialistes mondiaux de la touche. Il possède cette qualité très rare de maîtrise absolue dans les airs. C'est un formidable contreur. Pour l'heure, ce qui était à peine pensable, imaginable, va devenir réalité. Quarante-trois ans après Lucien Mias (1958), Fabien Galthié est le quatrième capitaine français à remporter un autre grand combat. La victoire est retentissante (32 à 23). Nick Mallet est le premier à nous féliciter : « Il faut être français pour réussir un tel exploit. Aucune autre nation sur la planète n'est capable d'étaler un tel génie. Partir au bout du monde avec une bande d'adolescents, s'entraîner quatre jours durant au niveau de la mer (Le Cap) et battre les Boks en altitude à Johannesburg (1 700 m), alors même que ces derniers se préparaient depuis trois semaines sur place, c'est unique. Le plus fou, me dit-il, c'est que, mercredi dernier, en voyant s'entraîner ce commando, j'étais sûr que ça marcherait. » Pieter de Villiers, exténué, couché à terre, en sourit. Ses mains en croix, ses pieds au ciel en V, celui de la victoire, la première d'un Sud-Africain qui joue et bat sa propre nation.

La veille au soir, il me croise à la sortie de ma chambre et me précise, mais était-ce vraiment nécessaire, que je peux compter sur lui, m'attestant d'un ton solennel : « Demain, sur le terrain, nous serons bien quinze Français. » Je n'en doute pas un seul instant. Je connais bien Pieter. Il sait que je vais lui demander de pénétrer le premier dans l'enceinte de l'Ellis Park. Il est à la fois terriblement ému et fier. Ce moment si fort de sa vie, je crois qu'il l'espère secrètement depuis un jour d'août 1996 quand, petit étudiant de Stellenbosch qu'il était, il débarque à Paris. Depuis plusieurs jours déjà, je le sens sur la défensive, comme s'il avait peur de la blessure qui ıɩ priverait d'un événement personnel unique. Le plus beau est à venir, dans le tunnel. Pieter, revêtu du maillot tricolore, pose sa main droite sur son cœur, comme pour mieux signifier à soixante mille Sud-Africains, ses potes du Cap, que c'est un Français qui va pénétrer dans l'Ellis Park. Un Français né en Afrique du Sud et dont le plus grand rêve a été, un jour, de porter ce maillot vert et de jouer ici. Pieter ne pleure ni ne tremble. Il sait qu'il va être provoqué, peut-être même considéré comme un traître. Il ne bronche pas et attaque *La Marseillaise* à pleins poumons. Cette victoire, c'est la sienne. En quittant l'Ellis Park, c'est un héros : des petits cartons fleurissent ici ou là ornés d'un cœur et du nom de Pieter. Suffisamment pour lui arracher enfin quelques larmes. La fatigue, le stress... À cet instant-là, nous ne mesurons pas la portée de notre exploit. L'Afrique du Sud est humiliée. Pas seulement les Boks mais le pays tout entier. C'est encore plus grave. La presse se déchaîne ; nous faisons la une de tous les journaux, c'est la guerre des titres : « Quatorze Français et un Sud-Africain triomphent » pour finir au traditionnel : « Waterloo ». Même les politiques s'en mêlent et demandent à l'entraîneur, aux joueurs sud-africains, réparation du plus lourd préjudice jamais subi, à savoir l'honneur bafoué d'une nation toute entière.

Si l'Ellis Park fut un jardin « à la française », le Stadium de Durban serait sûrement une enceinte de boxe...

Je venais de vivre l'un des plus beaux moments de ma vie sportive, mais nous allions en vivre un d'une intensité terrifiante. Ainsi, dès le mardi, jour de notre arrivée à Durban, je m'attends à un match sauvage et à revivre un Mayol, un Toulon-Bègles de fameuse mémoire...

Durban, la ville au plus fort taux de criminalité d'Afrique du Sud, soixante agressions quotidiennes, parmi lesquelles six meurtres en moyenne. C'est un pays entier, très dur, vent debout, qui demande réparation : la presse se déchaîne et le capitaine Vos, à la conférence de presse d'avant match, en présence de l'entraîneur national Viljeon, tient des propos scandaleux : « Samedi, il sera question de guerre, de venger notre honneur, celui d'un pays tout entier, avant de parler de rugby. » Tous les coups semblent permis. Lors de notre dernière mise en place technique, Jean Dunyach s'aperçoit que nous sommes espionnés depuis une voiture par une caméra. Il s'approche, elle démarre en trombe.

En soi, ce n'est pas franchement gênant, mais cela dépeint l'atmosphère qui règne alors.

Chose promise, chose due. Le match, celui de la honte, démarre, émaillé d'agressions, de coups de poing, de manchettes. Une violence constante, inadmissible de la part des Boks, seulement sanctionnée de deux misérables cartons jaunes. Le rugby n'en sort pas grandi mais confirme l'héroïsme de nos jeunes joueurs, lesquels ont montré un sang-froid admirable. Nous perdons ce match de très peu (20 à 15), et si Vermeulen n'oublie pas Bory à sa gauche, on y est ! La défaite n'y changera rien. Notre conviction est faite. Nous sommes atteints par la fièvre jeunes.

Dans la vie, ils sont joyeux, drôles, audacieux. Sur le terrain, ils sont responsables, talentueux, effrontés. Cette génération « couches-culottes » nous bluffe. Elle en impose, elle est de taille à impulser une nouvelle dynamique, un nouveau jeu. Il nous incombe de les former.

Cinq mois plus tard, le 10 novembre, pour la revanche au Stade de France à Paris, nous confirmons et lançons pas moins de six nouveaux joueurs de moins de vingt-deux ans : Clément Poitrenaud, Aurélien Rougerie, Damien Traille, François Gelez, Frédéric Michalak et Jean-Baptiste Poux rejoignent Nicolas Jeanjean, Yannick Jauzion et Elvis Vermeulen en réserve. Le lundi matin, au bar de l'Arrivée, à Orly, lieu de notre rendez-vous, on a le sentiment d'un départ en classe verte. Certains sont là depuis une heure, d'autres se sont paumés, prenant la direction de Roissy. Enfin il y a ceux comme Poitrenaud ou Michalak, cravatés jusqu'aux oreilles, qui subissent les sermons des « vieux briscards » toulousains. Xavier Garbajosa, le premier, les nargue : « Alors, les loulous, on s'est perdus. » Et Raphaël Ibanez, hilare, d'en rajouter : « Ce n'est pas bon signe, tout ça, je ne sais pas si nous allons vous garder. Bernard, il va falloir instaurer un système d'amendes. Au moins, on consommera gratis. » C'est la « Star Academy » : ils en ont la tenue vestimentaire et l'allure, mais je m'aperçois très vite qu'une fois sur le terrain... Ils me rappellent ces jeunes Australiens, une bande de surfeurs, qui avaient débarqué et stupéfié notre monde du rugby, en 1989, à Strasbourg. Je pense aux Little, Horan et tant d'autres qui allaient régner dix ans et remporter deux couronnes mondiales.

À mi-chemin du Mondial, notre conviction est faite et nos insolents viennent à bout des Boks (20 à 10), ce qui n'était pas arrivé depuis 1992. À travers ce succès, imparfait bien évidemment, j'admire la manière dont ils appréhendent l'événement ainsi que leur maîtrise. On pourrait croire que certains évoluent à ce niveau depuis dix ans. Ils renforcent et impulsent une certaine continuité à notre action, rigoureuse sur le strict plan de la discipline et du jeu. Les statistiques ne sont pas tout, mais leur lecture offre le mérite d'être un indicateur de base dans cette quête d'excellence que nous recherchons. C'est le prix à payer pour devenir, un jour, une grande équipe. Pour la troisième fois, devant une nation majeure du Sud, notre taux de plaquage réussi est élevé (90 %) et nos fautes sont en baisse constante, puisque nous sommes deux fois moins pénalisés que les Boks. Cette extrême rigueur est chaque jour davantage perceptible à l'entraînement. De façon ludique, nous l'entretenons. J'apprécie à sa pleine valeur le comportement responsable de cette bande de gamins fanatiques de jeux vidéo et de CD, mais qui en est à compter ses fautes du jour pour savoir qui versera au pot commun. C'est un état d'esprit. Le même qui nous fait venir à bout des Australiens champions du monde en titre, le 17 novembre dans un Stade Vélodrome en ébullition.

Un an environ après notre éclatante victoire sur les All Blacks, je ne pense pas revivre un tel événement dans ce lieu devenu fétiche. C'est un succès symbolique. Les Australiens sont les maîtres du monde. Nous ne les avons pas défaits depuis 1993. Alors, forcément, ça marque. Nous l'emportons 14 à 13. Cette victoire d'un point est autrement plus grande sur le terrain. Il ne s'agit pas de s'attarder sur la performance de Michalak, notre buteur, qui n'a que vingt pour cent de succès dans ses tirs au but, ni sur le fait que nous laissons une quarantaine de points en route. Il faut plutôt retenir les cent trente plaquages réussis. On en revient toujours à l'état d'esprit qui anime cette équipe. La fête bien sûr, la ola des remplaçants sur le banc de touche, Poitrenaud en tête, qui donne le tempo au Stade Vélodrome, le casque de Betsen en offrande au public et cette *Marseillaise* qui réveille le Vieux-Port. Ce qui m'interpelle le plus, ce sont ces marques de respect, de communion dont témoigne ce groupe. Ntamack et Gelez, vainqueurs contre les Boks, remplaçants contre les Wallabies, remettent les maillots d'avant match, y compris à ceux qui occupent leur place, de façon poignante, pour que tous comprennent que nous formons une même famille.

Serge Betsen, joker de luxe, que j'avais écarté lors du précédent Tournoi car il commettait trop de fautes, nous livre là, après un fastidieux travail accompli dans son club, le match parfait. Il opère quatorze plaquages sans aucune faute. C'est ce que j'appelle le respect de soi et des autres.

Tony Marsh, formidable, est devenu incontournable. Le mardi précédent, contre l'Afrique du Sud, Jo Maso et moi-même le convoquons à la hâte, à la suite du forfait de Garbajosa. Cette titularisation donne lieu à un vrai sketch. Alors qu'il dîne en ville avec des amis, Jo le contacte : « Tony, c'est Jo Maso, je suis avec Bernard Laporte, nous avons besoin de toi. Garbajosa est blessé, il faudrait que tu prennes le premier avion, demain matin. – Ouais, d'accord, arrête tes conn... Gérald, je t'ai reconnu. – Non Tony, c'est vraiment Jo, je te passe Bernard. »

Marsh n'y croit pas, convaincu qu'il s'agit d'une farce, coutumière entre joueurs. Il cherchera encore à savoir qui se trouve au bout du fil avant de se rendre à l'évidence. Le lendemain, dans l'après-midi, il est le premier sur le terrain, à montrer l'exemple. En deux jours, il se trouve fabuleusement avec Damien Traille qui n'est plus tout à fait le même, comme s'il avait gagné en lui un grand frère. À peine sorti du premier entraînement, Tony poursuit Jo Maso pour qu'il lui fournisse les paroles de *La Marseillaise.* Dorénavant, tous les soirs, il répète dans la chambre de Rougerie et Bory qui jouent pour l'occasion les professeurs de chant, une demi-heure durant.

Le troisième succès d'estime que nous remportons se solde par une vraie déferlante devant les Fidji (77 à 10) avec douze essais inscrits. Cependant, il n'entre pas dans la catégorie des moments qui comptent si ce n'est pour confirmer notre application et notre constance dans l'effort, fait nouveau pour nous, Latins, tenus pour rois de l'inconstance. Serevi, le maître à jouer fidjien, que j'ai approché quelques années auparavant avec les Froggies au Tournoi à Sept de Dubaï, vient me trouver dans la soirée. Il me lance, admiratif :

«J'avais l'impression de jouer contre la meilleure équipe à sept existante. Si la finale de la Coupe du monde se déroulait cette semaine, je ne vois pas qui pourrait vous battre.» Je suis forcément plus réservé que lui sur le sujet, mais il est exact que j'aimerais poursuivre l'aventure et retrouver dans la foulée, par exemple les Anglais. Cette dernière semaine d'entraînement est émaillée de grands moments de complicité technique, peut-être jamais atteints jusqu'à maintenant. Je ne crois pas que nous ayons fait tomber un seul ballon de la semaine, qu'il m'ait été nécessaire de hausser le ton une seule fois. C'est idyllique.

Le contraste est saisissant, trois mois plus tard, lors de l'ouverture du Tournoi des Six Nations à la réception de l'Italie à Paris. Je me méfie des Italiens que je tiens pour très malins. Voilà quatre jours que Diego Dominguez use de son plan de déstabilisation, qu'il laissé à tous ses compères parisiens des messages sur les portables, à la réception de l'hôtel. « Accrochez-vous, nous connaissons tous vos lancements en touche. Pieter, nous savons comment te prendre en mêlée. »

Bien évidemment, nous lui retournons tous ses compliments pour ce qui doit être son dernier match international, ce que personne n'a jamais cru. «J'espère que l'arbitre ne t'imposera pas les arrêts de jeu.» Je ne crois pas si bien dire. Pour la première fois de sa carrière, Diego est expulsé. Mais le fiasco est pour nous. Parfois, la victoire est laide (33 à 12), et ce jour-là c'est le cas. Quarante-neuf ballons perdus, onze en-avant, un carton jaune pour Auradou, un capitaine dans l'œil du cyclone (Magne) pour avoir piétiné trop durement Dallan.

Envolées les belles promesses de cet automne rayonnant? Qu'en est-il de notre volonté de tendre continuellement vers cette excellence qui doit exclure, le plus souvent possible, de telles rechutes de tension? Je pénètre dans le vestiaire, m'imprègne instantanément de l'ambiance qui y règne, capte les regards perdus des joueurs vers leurs chaussettes, et je pique une colère noire, violente, mais non préméditée. Elle fera le tour de France des télévisions. Cette gueulante, forcément excessive mais pas infondée, est, en fait, un véritable cri d'amour. Il faut aimer très fort pour hurler de la sorte, et moi, quand j'aime et que ça ne tourne vraiment pas rond... Si je n'avais rien ressenti pour cette équipe, les joueurs qui la composent, j'aurais probablement laissé couler. J'aurais balancé, les yeux baissés : « Ce n'est pas grave, les gars, nous ferons mieux la prochaine fois. »

Mais comment peut-on espérer devenir un jour champions du monde en témoignant aussi peu de respect pour soi-même, ses partenaires, ses adversaires et notre public ? Car c'est bien de cela qu'il est question. Du manque d'engagement de soi au service des autres. Quand de tels faits se produisent, ça ne pardonne pas. Cela veut tout simplement dire qu'il n'y a plus d'équipe. Voilà ce qui nous sépare et nous différencie des Anglais. Tout est affaire de culture et d'éducation. Quand ils revêtent leurs maillots, ils ne regardent jamais qui se trouve en face. Jouer pour leurs partenaires et leur pays suffit à leur motivation. Nous, c'est la peur qui nous fait avancer. Elle est notre moteur. Le sport est la plus belle chose qui soit. Je ne crains pas de perdre devant meilleurs que nous, il n'y a aucune honte à ça. En revanche, ce qui me gêne, c'est d'être vaincu par plus faible que nous, de donner le bâton pour se faire battre. Je dis toujours qu'il y a assez d'un seul adversaire, nous n'avons pas besoin d'en trouver un second chez nous. Ce fameux état d'esprit, nous le retrouvons à Cardiff, le 16 février, contre le pays de Galles. Nous connaissons un succès (37 à 33) au terme d'un suspense hitchcockien, d'un final de muerte, comme une douce folie. Toutefois, nous n'avons pas retrouvé notre marque de fabrique de l'automne, cette maîtrise continûment affichée. Plus que les six essais inscrits, dont trois à notre actif et de belle facture, plus que le gag vidéo nécessitant par quatre fois l'intervention du superviseur pour valider deux essais et en infirmer deux autres, plus que cette ferveur hors du commun, ces hurlements de supporters gallois déchaînés, je retiens deux faits extrêmement précis qui dépeignent un comportement de vainqueurs. Par deux fois, les Gallois croient avoir marqué, et par deux fois trois joueurs se comportent de façon admirable.

Pieter de Villiers et Olivier Milloud déstabilisent, plaquent et finissent par arrêter cet incroyable bulldozer qu'est Craig Quinnell, qui a récupéré un mauvais lancer en touche à trois mètres de la ligne avant de foncer. À cet instant précis, je ferme les yeux, persuadé comme des millions de personnes que c'en est fini. Mais Milloud va au sacrifice en se faufilant sous lui et le bloque. Inimaginable. Ce sont des comportements qui vous tirent tout un groupe vers le haut. Quelques minutes plus tard, c'est Aurélien Rougerie qui plonge dans les pieds de l'ailier James sur le point d'aplatir et qui réalise la même performance. Nous provoquons notre réussite. Ces deux sauvetages peuvent paraître anodins, quoique énormes, mais j'ai conscience qu'ils peuvent tout déclencher et relancer du même coup notre processus de mise à feu. Je retrouve dans certains regards la flamme de l'automne.

« Peut-on battre Tyson ? » L'Angleterre, ce n'est pas seulement la meilleure équipe au monde. La défier pour ce match, la finale du Tournoi avancée, c'est faire resurgir des antagonismes de la guerre de Cent Ans. C'est toujours très particulier, très fort. C'est le match de tous les records : cent cinquante mille places refusées au Stade de France ; quinze cents euros le billet au marché noir ; Jacques Chirac, président de la République, Lionel Jospin, Premier ministre et vingt-deux ministres actuels ou passés qui se disputent un strapontin au siège de la FFR ; quatre cents journalistes qui rôdent plusieurs jours durant à La Voisine ; cent cinquante messages au château et sur mes deux portables coupés dès le lundi soir !

France-Angleterre, ça vous réveille un peuple. Le matin du match, sur le coup de onze heures, je prends exceptionnellement un appel de Gaillac : c'est le QG, le café Chez Ramier, qui monte aux infos. On me décrit l'ambiance : les sièges des quatre premiers rangs sont attribués depuis la veille au soir ! Quatre heures avant le coup d'envoi, certains viennent déposer leur veste sur la chaise réservée de peur de se faire subtiliser leur place. Gaillac est en émoi.

Je rapporte l'histoire, qui détend l'atmosphère. Quelle semaine ! Les jours précédents, nous avons décortiqué dix-sept heures d'enregistrement vidéo sur le jeu anglais que nous avons étudié sous toutes les coutures. Jacques Brunel, maître d'œuvre, réalise là un travail de recherche, d'une exceptionnelle minutie. Il faut dire que j'avais su le mettre sous pression, lui promettant un cigare cubain de première catégorie si la victoire était au bout... Pour la circonstance, nous réalisons un montage de quarante-cinq minutes afin d'étayer notre stratégie. Il sera diffusé, puis analysé dès le lundi soir. Notre souci majeur est de contrer Jonny Wilkinson, qui demeure leur maître à penser et à jouer.

C'est l'arme absolue de cette équipe. Chaque fois qu'il touche un ballon, qu'il prend une initiative, le jeu anglais s'en trouve bonifié, le danger est partout. Nous allons le presser, l'entourer de toute notre « affection ». C'est de bonne guerre. Le plan est simple : il faut le couper de son demi de mêlée Dawson et faire en sorte qu'il reste dans une zone précise. La stratégie avait remarquablement fonctionné l'été dernier et l'année précédente contre les Australiens Gregan et Larkham. La réussite passera par Serge Betsen, chargé de le coincer le plus souvent possible et surtout de le maintenir au sol quelques secondes supplémentaires afin qu'il ne puisse se trouver favorablement placé face à une défense qui l'oppresse. Sur ce sujet, David Ellis a remarquablement travaillé, essayant d'apporter quelques modifications quant à la technique pure du geste du plaquage. Sans Wilkinson, les Anglais sont une grande équipe, mais pas une très grande.

Au-delà du succès (20 à 15) qui nous ouvre la perspective d'un possible premier super grand chelem, c'est surtout notre grisante première mi-temps qui reste notre plus grande fierté.

Pour la première fois dans un match de très haut niveau, nous réalisons parfaitement sur le terrain tout ce que nous avons mis en place durant la semaine, sans la moindre fausse note.

De ce triomphe, je conserve quelques images fortes. La première, c'est la poignée de main de Clive Woodward et son petit sourire au coin des lèvres. « Bien joué. Pour le 10, je retiendrai la leçon. » Je ne me fais aucune illusion, le perfectionniste qu'il est a déjà envisagé la parade. Plus loin, assis devant le vestiaire, Jonny Wilkinson, le meilleur joueur au monde, se tient la tête entre les mains. Tout un symbole. Il me voit, se relève et me jette un regard qui en dit long. Les Anglais quittent le Stade de France, l'arrogance en moins. Ils la retrouveront bientôt, car ce sont de formidables compétiteurs.

Nous tâchons de conserver la tête froide. Mais, en même temps, pourquoi bouder notre plaisir, comment demeurer impassible devant cette nouvelle vague bleue de bonheur ? C'est la première fois que Saint-Denis nous porte aussi haut, aussi fort, et les joueurs le ressentent. Pour certains, un déclic s'opère. Jacques Brunel a droit à son fameux cigare cubain, fourni par Jean Dunyach. Nous sommes au banquet. Il met dix minutes à l'allumer. À l'aube, à la sortie des caves de Saint-Germain-des-Prés, un chauffeur de taxi me reconnaît. Il est montois. J'ai droit au sempiternel couplet sur les frères Boni. Un régal. Au moment de m'acquitter de la course, il se retourne vers moi et me dit : « C'est cadeau, monsieur Laporte. » J'insiste, mais il poursuit : « Vous auriez battu les Écossais ou les Gallois, je ne dis pas, mais là, vaincre les Anglais, ça n'a pas de prix, personne ne comprendrait. » Effectivement. Douce France !

Nous faisons durer ce plaisir par une quatrième victoire à Édimbourg (22 à 10), plutôt rondement menée. Ce qui me ravit, une fois encore, c'est notre adaptabilité, la qualité des réponses que nous proposons à notre adversaire. Contre l'Angleterre, nous avions su trouver la réponse au problème Wilkinson. Pour l'anecdote : le mercredi, à la conférence de presse qui se déroule à La Voisine, l'arrivée de Serge Betsen déclenche un fou rire général après qu'un journaliste écossais, bien inspiré, eut précisé, en voyant le Biarrot casque à la main : « Personne ne lui a dit que Jonny n'était pas là aujourd'hui ? »

Cette fois-ci, ce sont nos sauteurs qui s'attirent la part majeure des lauriers pour avoir su contrer magnifiquement l'un des tout meilleurs alignements du monde dont son joyau, Scott Murray, compte à lui seul sept prises. Pour une fois, dans le secteur de la touche, il trouve plus fort que lui en la personne d'Imanol Harinordoquy, qui fait le grand huit. Deux hommes cependant surnagent, planent. Il s'agit de Fabien Galthié, parfait organisateur, et Tony Marsh, pourfendeur, finisseur, qui en impose, et pas seulement pour ses deux essais.

Douze mille Français se trouvent à Édimbourg. Dix minutes après le coup de sifflet final, ils sont encore des milliers à chanter *La Marseillaise,* debout. Au moment où je sors pour récupérer ma veste, je m'arrête et je reste là, assis sur le banc, à les écouter quelques secondes. Un bonheur furtif mais incommensurable. Ils seront encore des centaines devant notre hôtel durant toute la nuit. Le soir même, lors d'une séance vidéo d'après banquet, j'annonce aux joueurs : «Je me fous du grand chelem, mais pas de perdre devant l'Irlande.»

Samedi 6 avril, M. O'Brien siffle trois fois : quatre-vingt mille personnes se lèvent. En bas, j'aperçois Brunel, étouffé d'émotion. C'est ma première image d'après match : je suis comblé de partager ce bonheur total avec lui, qui avait été écarté de Pau l'année précédente. Il a apporté, ô combien, sa pierre à notre premier grand chelem et à ce dernier si brillant succès (44 à 5), aux antipodes de notre premier match si poussif contre l'Italie (qui nous avait valu, fort justement du reste, la réprobation générale de notre monde).

Ce match-là, ce fut comme une tornade d'espérances, avec cinq essais d'ailier; une impression de perfection complète dans un jeu totalement accompli. Ce jour-là, nous réussissons la synthèse parfaite des autres bons matchs du Tournoi, tant sur la durée que sur la qualité. Aujourd'hui on a deviné qu'une volonté farouche nous habite. Quel régal ! Plus que la victoire, c'est la façon dont elle a été préparée puis acquise qui me satisfait... Et vogue la fête. Rougerie, Bory et Magne mettent trois bonnes minutes pour déboucher le champagne. Jo Maso, gentleman, joue les gardes du corps du Premier ministre Lionel Jospin pour lui éviter la douche. Le même Jo saisit le micro, mais il n'a pas la voix de Max... Galthié, lui, peste encore car il n'a pu gagner le dernier ballon du match qu'il a disputé âprement au pilier Clohessy qui, lui, y tenait par-dessus tout pour sa dernière rencontre internationale. À l'arrivée, l'arbitre Paddy O'Brien tranche et se l'approprie. Pour la première fois, les compagnes sont invitées au banquet, ce qui donne lieu à des sketchs énormes à la Raymond Devos. À l'entrée de l'hôtel Continental, le service d'ordre est vite débordé.

« C'est elle la femme d'Ibanez ?

— Non, c'est sa sœur.

— La sœur de la femme d'Ibanez ?

— Non, la sœur d'Ibanez. La sœur de la femme d'Ibanez, c'est la femme d'Olivier Magne.

— Tu te fous de moi ?

— Non, c'est vrai, je t'assure. »

Plus tard, en plein repas, alors que nous décortiquons une écrevisse, un vent de panique se lève : le service du protocole est aux abois ; on vient de voler la Coupe. Jo Maso et le Président sont alertés. Tout ce chambardement dure une demi-heure, jusqu'au moment où un dirigeant qui finissait tranquillement son repas se lève et informe qu'il l'a déposée discrètement dans un coffre rue de Liège, au siège de la Fédération, de peur qu'elle ne finisse dans la Seine... où nous nous dirigeons. Sur le quai, embarquement immédiat pour *La croisière s'amuse...* Nous ne sommes pas à Acapulco, mais sur le pont ; je découvre le vrai tempérament de mes joueurs et de quelques membres du staff.

Damien Traille, coiffé d'une assiette en plastique, nous sert un numéro mi-Trénet, mi-Chevalier remixé ; à ses côtés, Olivier Brouzet, voix enjôleuse de crooner, fait un tabac ; Gelez, Marlu, Galthié et Ibanez montent à la hâte un pastiche de « Star Academy ». C'est dans ces moments-là que les personnalités ressortent, se libèrent. À cet instant, Fabien, fort et simple, alors que nous sommes au septième ciel et que tout Paris illuminé est à nos pieds, s'approche de moi et me dis : « Bernard, ce n'est pas vrai, nous ne pouvons pas nous quitter comme ça, après ces deux mois. Déjeunons tous ensemble demain. » Plus que le grand chelem, voilà pour moi la vraie victoire. Mais tout a une fin.

Après une année de folie et huit victoires d'affilée, le 15 juin, nous chutons pour un point à Buenos Aires, au cours d'un match qui nous échappe de façon inouïe malgré nos vingt dernières minutes, Merceron loupant la pénalité de la gagne. Mais ce match, nous le perdons bien avant ; nous jouons au-dessous de notre niveau. Un chiffre effarant l'atteste : cinquante et un ballons perdus. C'est une journée cauchemardesque. Ce jour-là, nous arrivons au stade, entassés dans douze vieux taxis jaune et noir, réquisitionnés, motards en tête, sirènes hurlantes. En effet, à l'heure du départ, le moteur du vieux bus affrété pour le XV tricolore rend l'âme. Nul autre n'est disponible : point de palabres, j'appelle sur-le-champ douze taxis qui se rangent à la queue leu leu devant l'hôtel. Une histoire de fous : les sacs entassés sur la pharmacie, les deuxièmes lignes sur les piliers..., et nous voilà partis avec des chauffeurs exultant à l'idée de traverser, pied au plancher, Buenos Aires et hurlant : « Fantástico », en klaxonnant à tout-va...

Nous perdrons les deux tests à suivre en Australie après avoir traversé le monde. Trente heures d'avion et treize heures de décalage horaire entre Buenos Aires et Melbourne... C'est *Voyage au bout de l'enfer*. Je perds même un joueur, David Bory, victime d'une lombo-sciatique.

Nous encaissons deux défaites, à Adélaïde (29 à 17) et à Sydney (31 à 25), en ayant toutefois inscrit quatre essais et la balle de match en main à l'ultime seconde pour Harinordoquy, ce qui nous laisse de vrais raisons d'espérer. Pour la petite histoire, là aussi, nous fûmes pris dans un incroyable embouteillage : nous mettons une heure et demie pour rejoindre le stade et l'habillage a commencé dans le bus. Mais nous avons l'habitude ! Dans la série vidéo-gags, voyez le XV de France.

Un an après, le 9 novembre, nous remettons ça à Marseille, pour le lancement de la tournée d'automne : retour vers le succès par une victoire (30 à 10) sur les Boks. L'arbitre irlandais, Alain Rolland, fait appel par deux fois à la vidéo. Or, le système de communication ne fonctionne pas. L'arbitre assistant nous gratifie de son footing dans les coursives du Stade Vélodrome et sur la pelouse pour annoncer la mauvaise nouvelle... aux Boks. Pour nous, c'est l'essai libérateur. Succès d'arbitrage unique à Marseille ! Plus sérieusement, pour la première fois, l'équipe de France, très disciplinée, très rigoureuse, ne concède aucune pénalité en quarante minutes. C'est un moment très probant pour nous tous.

Après les jambes, la tête...

Notre jeu se trouve aujourd'hui à la croisée des chemins. Les faits parlent d'eux-mêmes : il y a à ce jour de moins en moins de place sur un terrain ; cela tient essentiellement au fait qu'en dix ans, la progression physique des joueurs a été très significative. Un ailier a gagné en moyenne dix kilos et dix centimètres de taille. Lors de la dernière tournée dans l'hémisphère sud, je ne suis pas certain que le centre anglais Greewood, par exemple, ait délivré davantage de passes que le flanker Back.

A contrario, je doute que ce même joueur ait asséné plus de plaquages que son compère du centre. Quelle différence aujourd'hui entre un centre et un troisième ligne ? C'est la résultante d'un savant dosage alliant à la fois les capacités athlétiques, la puissance et le placement.

La quasi-totalité des grandes nations possède huit avants qui se déplacent tous comme des troisièmes lignes et les troisièmes lignes comme des trois-quarts centre. Or les terrains n'ont pas suivi la même évolution : il serait nécessaire de les agrandir. Une ancienne grande star du football mondial, le Néerlandais Johan Cruyff, y a pensé le premier, à Barcelone, en proposant de rajouter trois mètres de chaque côté de la touche, afin de développer le jeu d'attaque. Il avait raison.

C'est un formidable rêve qui ne se réalisera jamais : le coût financier d'un tel projet se chiffrerait à plusieurs centaines de millions d'euros, un coût bien trop onéreux pour tous les différents partenaires privés et les multiples intervenants des collectivités concernées.

Compte tenu de l'évolution lente des règles et de la prépondérance du physique (ce dont je ne me réjouis pas forcément, mais comment ne pas prendre en compte cette donnée pour se lancer dans la même course que les autres nations), je suis persuadé qu'un secteur essentiel mérite d'être exploré plus en profondeur : celui de la force mentale et psychologique du joueur.

La notion et le goût du combat réapparaissent sur le terrain de rugby comme ailleurs dans la société : c'est notre prochain cheval de bataille.

Le mètre carré à conquérir est devenu cher et âpre, et cette notion de combat permanent est bien réelle. Les avants y ont toujours été confrontés, c'est nouveau pour les trois-quarts.

Ceux qui prendront une avance certaine dans ce secteur précis imposeront leur loi. Les Anglais ont été les premiers à le comprendre et à intégrer cette notion. Au-delà de leurs aptitudes physiques et de leur parfaite organisation, ils dégagent une vraie force mentale, une vraie sérénité qui impressionnent. Durant dix-huit mois, ils ont collaboré étroitement avec un spécialiste de psychologie israélien qui se charge, entre autres, de la préparation des pilotes de chasse de l'armée dans son pays. En clair, des forces spéciales. Je l'ai rencontré à Paris. Je l'écoute des heures durant. C'est un domaine qui m'est inconnu mais dont je perçois nettement l'importance. Clive Woodward lui demande un profil psychologique de chaque joueur avant de travailler plus particulièrement avec certains. Sans dévoiler complètement son projet, il m'explique comment, notamment, il étudie le comportement de Martin Jonhson en collaborant avec lui : il juge de la capacité de réaction de l'individu à travers des jeux vidéo.

Le capitaine anglais est aux manettes et les attaques se multiplient sans arrêt. Plus ces attaques se font précises, davantage il faut savoir répondre, en faisant preuve à la fois de caractère, de précision et de sang-froid. Notre ami israélien a mis en place toute une structure de travail. Le rugby anglais le permet, pas le nôtre. Bien qu'il soit venu me proposer ses services en me confirmant la nécessité absolue d'œuvrer sur une certaine durée, y compris pendant les deux mois et demi de préparation à la Coupe du monde, pour nous c'est impossible. En se voyant tous les lundis et mardis, les Anglais, qui viennent de le remercier voici quelques mois au terme d'une entente aussi discrète que fructueuse, ont atteint leur objectif. J'ai la quasi-certitude d'une plus-value sûre grâce à ce travail spécifique qui peut s'avérer déterminant, non seulement dans l'appréhension d'un grand événement, mais aussi dans la capacité de réaction de chacun à bon escient. Très modestement déjà, depuis l'an passé, je m'astreins à sensibiliser les joueurs à cette approche en leur faisant partager des aventures d'autres sportifs. Je souhaite les amener à réfléchir sur le sujet, très sérieusement.

Ainsi, je leur montre, un jour avant France-Nouvelle-Zélande à Marseille, une cassette édifiante sur l'aventure de Lance Armstrong, le quintuple vainqueur du Tour de France, qui a mené deux combats de front : sa maladie, ses souffrances, ses douleurs et sa formidable capacité mentale à redevenir le très grand champion qu'il est.

La veille de France-Angleterre, ils ont droit à la fabuleuse histoire du plus grand boxeur noir américain Mohamed Ali, et nous visionnons ce formidable combat à Kinshasa, au Zaïre, contre Frazier. Ou encore le parcours de Maurice Greene, l'homme le plus rapide du monde, sa quête de l'excellence, ses périodes de doute et son « explosion » : celle d'un champion hors du commun.

Enfin je leur fais découvrir le film qui retrace l'avènement des Lions Indomptables, l'équipe nationale du Cameroun, lors du Mondial de foot. Ce sont les plus pauvres mais les plus enthousiastes, ils ont envie de réussir tous ensemble la veille des matchs, par terre, à même le sol ou sur de vieux matelas, mais, quoi qu'il advienne, dans la même chambre. Ça me remet en mémoire notre « aventure » avec Serge Simon, qui m'avait demandé de rester chez lui, la veille de notre finale de championnat gagnée contre Toulouse, en 1991.

On avait même dormi dans le même lit. Lui aussi avait déjà intégré, à sa façon, cette donnée. Ce qui m'interpelle, c'est que la réussite du champion n'est jamais le fait du hasard.

Dans le même état d'esprit, je suis impressionné par le discours de Phil Knigt, l'un des grands décideurs du puissant groupe Nike, notre équipementier. Un jour, je l'entends sur un écran télé s'adresser à ses milliers d'employés lors d'un colloque. Il me faut tout de suite la cassette. Ce grand capitaine d'industrie affirme avec une rare détermination : « Si tous les matins vous vous levez en pensant Nike, alors la marque ne sera jamais en danger, les limites d'un groupe qui croit en lui s'arrêtent là où commence le ciel... » Fascinant.

Elles ne s'arrêtent jamais en définitive. Il a raison, je le dis à mes joueurs depuis des mois : « Si nous voulons devenir champions du monde, il faut commencer par y penser tous les matins. Tous les matins, ne se poser qu'une seule question : Que vais-je faire aujourd'hui de plus que les autres... » L'exemple le plus époustouflant, une fois encore, nous vient de Lance Armstrong : dès le lendemain matin de sa cinquième victoire d'affilée dans le Tour de France, il a déjà le Tour suivant en tête. Formidable leçon d'un champion d'exception, d'un sérieux et d'un professionnalisme en avance sur tous ses poursuivants.

Cette fierté d'appartenance à une marque, un groupe, une équipe, ce souci permanent de respect mutuel, ce sont nos vertus, celles que nous avons apprises dans notre sport. Je crois qu'il est important de les véhiculer. Chacun a son rôle à jouer, de la base au cadre supérieur. D'autant que nous avons l'insigne faiblesse, nous Français, même si nous sommes capables de relever certains défis psychologiques par une forte mobilisation ponctuelle, de souffrir de ce manque de régularité et de continuité dans nos rapports. Les Anglais ne se posent jamais de questions sur l'adversaire ni sur ses qualités rugbystiques.

Peu importe qui se trouve en face d'eux : ils gardent le même niveau d'engagement psychologique, de préparation mentale. Le nôtre demeure excessivement fluctuant. Ça nous joue parfois des tours. C'est pourquoi je réfléchis à l'avance à mon discours d'avant match : je pose par écrit des mots-clés, chocs que je juge nécessaires et ensuite, tout au long de la semaine, je corrige, j'accentue, je modifie, j'améliore, j'adapte ; tout en restant attentif au feeling de l'instant, à l'instinct du moment. Dans les mêmes dispositions d'esprit, pour cerner le groupe au plus près, je suis friand de visionner certaines interventions de mes joueurs, de longues interviews qu'ils accordent, de les voir s'allonger sur le canapé... à la télévision ou sur des sites Internet... Nous découvrons toujours quelques bonnes ou mauvaises surprises.

Mais c'est encore plus flagrant de percevoir en temps réel, sur le vif, les réactions des individus : dans la fraîcheur des estives alpines de Val-d'Isère, lors de notre stage de préparation. Dès l'aube, en pataugas et sac à dos, nous voilà, cordée hétéroclite à l'assaut de nous-mêmes. Se frotter à l'inhabituel, découvrir le vide, le vertige des gouffres, affronter le roc, voltiger de liane en liane, pique-niques en commando... tel est notre quotidien. Certains d'entre nous rient jaune, certains ont peur, d'une peur vraie qu'il faut maîtriser. On s'encourage, on s'épaule, on s'interpelle, on se soude, le souffle rauque, les yeux inondés de sueur.

C'est à toute une préparation psychophysique que nous nous astreignons : éduquer le corps, créer des réflexes, développer son courage, oser, durcir sa volonté, son envie farouche, ne pas se dégonfler, aller au charbon, accepter la souffrance et maîtriser la douleur. Et cette dynamique n'a pas de sens si elle n'est pas vécue en groupe et pour le groupe.

Et ce sont ces notions qu'il faut développer ; au-delà des acquis de base essentiels, pour évoluer vers l'excellence, c'est la recherche qui prévaut, la curiosité, l'éveil, l'expérimentation, appuyés sur des données scientifiques modernes et confortés par des approches psychologiques pour tendre au meilleur résultat : ne jamais baisser les bras, veiller à une attention soutenue, une tension permanente vers l'accomplissement du geste juste pour ne pas mettre la collectivité dans l'embarras mais aussi soutenir son partenaire en difficulté, anticiper, savoir accepter les faiblesses des autres et réagir à les compenser.

C'est ainsi qu'on fédère les énergies en développant un langage commun : référence à des valeurs, respect d'autrui, savoir s'abstraire de l'environnement, des effluences susceptibles de troubler son entendement, c'est-à-dire l'analyse, le raisonnement et vous pousser à la distraction de l'essentiel et briser votre concentration. L'ennemi, ce n'est pas l'autre : c'est tout ce qui diminue dans vos convictions, vos croyances et pourquoi pas vos certitudes. Car à un moment donné, il faut en avoir et chasser le doute. L'ennemi c'est tout ce qui effrite votre envie de dépassement, tout ce qui fragilise vos impulsions d'aller au-delà de ce que l'on croit possible et qui déstabilise votre équilibre mental. Adossé à ce socle psychologique, le talent des meilleurs va s'amplifier, exploser et donner aux actions de jeu une intensité et une amplitude nouvelles et décuplées. En tout cas, c'est ce que je crois profondément.

De l'importance des médias

Le développement et la multiplication des chaînes câblées et hertziennes nous ont ouvert d'autres horizons. Pour moi, c'est un autre monde, dont pas plus qu'un autre je n'avais vraiment perçu toute la force, avant que d'y être confronté. L'image, c'est le nerf du siècle, le complément de l'écrit, qui reste le support de la réflexion. Adolescent, j'avais une très vague idée du quatrième pouvoir, celui de la presse, si ce n'est d'avoir eu conscience de l'intérêt des Gaillacois, à l'affût de la tournée de ma mère qui livrait la presse locale dès cinq heures du matin et alimentait ainsi tout au long de la journée commentaires divers, rodomontades « bistrotières » et autres.

Ma grande chance, c'est d'être « monté » à Paris. En devenant un proche de Max Guazzini, je ne pouvais pas trouver meilleur professeur en communication, notamment pour développer des actions de proximité.

Par son comportement, sa façon d'œuvrer au Stade Français, ses initiatives, son entregent, Max m'a tout de suite fait percevoir l'importance du profit à tirer de ces attitudes pour notre sport.

Durant le Mondial 99, j'écoute, j'observe, je regarde. Plus tard, j'essaie de faire comprendre à certains joueurs qu'il est souhaitable d'avoir une autre approche dans leurs comportements : je ne cherche pas à donner de leçons, mais je ne tolère pas qu'un joueur se présente en salle de presse en nu-pieds, qu'il arrive en retard, ne s'excuse pas s'il y a lieu, où qu'il se cache en fond de salle, voire derrière une porte dans l'espoir de faire une simple apparition et de s'en aller le plus vite possible, tout simplement parce qu'il n'en a pas envie.

Les médias ne sont pas des adversaires, mais plutôt des partenaires potentiels. Leur rôle et le cadre de leurs interventions sont définis. Il n'est pas question pour nous de tout accepter : ils ont des droits et des devoirs, comme nous. Ne pas les respecter, c'est d'abord ne pas se respecter soi-même.

Soyons clairs : il ne faut pas croire que c'est toujours un vrai bonheur de se rendre en conférence de presse, de répondre pour la cinquantième fois à la même question, à la sortie d'une double séance d'entraînement, de faire face à certaines critiques parfois acerbes, parfois excessives, souvent justifiées : un journaliste ne peut pas écrire qu'un joueur est bon quand il ne l'est pas, qu'un entraîneur a fait le bon choix si ce n'est pas exact au vu du résultat obtenu. Nous devons donc nous comporter de façon responsable, professionnelle, entretenir des contacts et des rapports adultes, sinon on reste amateurs à Gaillac et là, effectivement, personne ne vous oblige à répondre...

L'an passé, à deux jours du sommet France-Angleterre, près de trois cents journalistes, dont une bonne dizaine de caméras TV, se déplacent au château de La Voisine. C'est une vraie aubaine pour notre sport. Combien de fédérations, de disciplines sportives en mal de reconnaissance rêvent de se retrouver devant un tel parterre de médias ? Nous ne pouvons passer à côté, notre effort dans la qualité de nos échanges est essentiel, il doit être soutenu et amplifié. La nouvelle génération se trouve totalement en phase, en prise directe avec ce nouveau phénomène de société qu'est l'ultramédiatisation.

Les Poitrenaud, Michalak, Jeanjean, Rougerie, Harinordoquy, Tabacco, De Villiers... sont dans le tempo. Il est plutôt flatteur que les grands tirages de la presse française, les magazines féminins, la presse « people » mais également *La Vie ouvrière* et tant d'autres, de toutes obédiences, puissent s'intéresser à nous, nous permettant ainsi d'accéder à une « clientèle » totalement différente de celle du microcosme ovalien.

Quant on n'a pas eu la chance de naître dans une contrée où l'ovale, seule distraction du week-end, fait office de lien social pour toute une population au long de la semaine, les médias constituent le lien capital, une ouverture d'esprit et de communication pour une éducation vers notre sport et la reconnaissance de ses vertus.

Le Stade Français a donné un bel exemple : fin 1995, il nous est arrivé d'être cinquante à Jean-Bouin.

Aujourd'hui, ils sont douze mille, dont trente pour cent de femmes et de jeunes, ceux-là mêmes qui un jour sont venus simplement par curiosité, parce que Max les a invités et qu'il a su les fidéliser en apportant un savoir-faire, un savoir-vivre, des idées, des animations. Quel meilleur exemple que le calendrier Dieux du Stade, formidable vecteur médiatique, d'une force incroyable ? Dans l'imaginaire féminin, il a complètement modifié le profil du rugbyman.

Ce n'est plus un petit, râblé, short aux genoux, longs poils aux cuisses, le nez de travers, un bandeau sur l'œil... Aujourd'hui, le joueur de rugby est plutôt beau mec, bien proportionné, un physique sculptural, une belle gueule, un look branché et un intellect au-dessus de la moyenne ; c'est en tout cas l'idée que s'en font les minettes et... les autres.

Une directrice de magazine m'a confirmé que les rugbymen arrivaient en deuxième position dans bien des préférences de ces dames : quand Clément Poitrenaud et Xavier

Garbajosa prennent la pose, taille mannequin, à la une d'un hebdo à grand tirage dont la majorité des lectrices ont entre vingt et trente ans, ça donne une tout autre dimension à notre sport.

Notre grand défi de demain, c'est d'être capables de susciter l'intérêt des femmes, ici, en France pour 2007, et de déclencher, comme les footeux en 1998 lors du Mondial, cette grande vague où elles se sentiront subitement prises de passion pour ce sport.

Afin de mener à bien cette action capitale pour le développement de notre sport dans notre pays, il nous faut imaginer toute une nouvelle structuration au sein des clubs, en suscitant l'intérêt du public féminin, car ainsi c'est toute la famille que nous touchons.

Certains l'ont déjà imaginé, un peu sur le modèle australien : garderies d'enfants, salons de coiffure, etc. L'idée, c'est d'amener tout le monde au stade, la famille entière, qu'elle y soit bien accueillie, et lui offrir toute une gamme de pôles d'intérêt et qu'elle y prenne plaisir. Je garde en mémoire une récente réflexion de cette hôtesse de l'air dans l'avion qui ramène le XV de France : « Puis-je avoir une signature de tous ceux qui ont posé nus dans le calendrier du Stade ? C'est pour ma fille. Mon fils va râler. L'an prochain il arrête le judo, il veut faire du rugby pour épater les copines... » Dans le même registre, ma marionnette des fameux « Guignols » de Canal Plus participe de cette émancipation. Le soir où j'apprends que je suis « croqué », je dîne avec Max Guazzini dans mon restaurant Olé Bodega. Je suis plutôt furax. De toute façon, ça ne change rien puisque aucune intervention n'est possible. Max, lui, sourit. Il a tout de suite compris : « Tu ne te rends pas compte, c'est une promotion extraordinaire pour le rugby. » Le soir de la première, je ne quitte pas ma chambre du château de La Voisine, je ne veux pas le voir, je me dis que personne ne va y prêter attention. Tu parles, alerté par la *vox populi*, dix minutes avant le coup d'envoi de l'émission, toute l'équipe est déjà installée dans le grand salon. En haut, tout seul, j'attends le verdict de Baptiste et de Marine : « T'es trop drôle, tu parles à deux mille à l'heure... » Mes enfants se marrent. Visiblement, ils ne sont pas les seuls...

Un soir, je me pointe au Théâtre de Trévise, petite salle parisienne où Nicolas Canteloup donne son spectacle : les voix de Barthez, Deschamps, Jacquet, Alesi, c'est lui. Discrètement, je prends place. À l'instant de m'imiter, me reconnaissant, il est au bord du fou rire. Dans sa loge, plus tard, j'en profite pour lui glisser deux ou trois combines imparables. Le rugby, ce n'est pas exclusivement cette image-là, heureusement d'ailleurs. Mais je suis suffisamment au fait de notre époque, en regardant vivre mes enfants, pour savoir qu'il est bien difficile de captiver leur intérêt sur la durée, eux qui sont sollicités de toutes parts.

D'autant plus aujourd'hui où les villes explosent, au détriment des campagnes et bourgades ; ce qui impose, en ces lieux d'hypersollicitations tous azimuts, pour se démarquer, un effort d'attraction médiatique renforcé.

C'est un autre combat, il faut user de tous les stratagèmes, se donner les moyens de notre réussite. Ainsi le XV de France, pour la Coupe du Monde, sera promotionné par son propre hymne. Rassurez-vous, les joueurs ne vont pas chanter, mais en participant à ce clip écrit et produit par François Valéry et interprété par quatre filles superbes, ils confortent une autre image de notre sport. La FFR a fait le choix de la modernité. Bien sûr, il y aura toujours des grincheux pour dire qu'au lieu de se trémousser, « ils » feraient mieux de jouer au rugby, mais je crois que les deux sont possibles. Il faut vivre avec son temps.

La pub, c'est fini...

L'un des vecteurs médiatiques forts reste la pub : elle a depuis longtemps ses lettres de noblesse et son attraction ne faiblit pas. Bien sûr, elle doit batailler pour exister, toujours plus fort, et elle est donc à l'affût de tout support porteur et novateur...

Je suis devenu malgré moi une cible pour les publicitaires, je reçois de nombreuses propositions : produits d'entretien de gazon (!), lunettes de marque, rasoirs... Je dis non, et à chaque fois je propose un joueur, sans trop d'effet apparemment à ce jour. J'estime que c'est davantage leur place, c'est eux qu'il faut encenser et mettre en avant, et pas moi qui ne suis pas sur le terrain.

La seule publicité qui a occupé l'écran, à ce jour, et à laquelle j'ai participé est le clip concocté par Lustucru. J'ai trouvé amusant de me faire rejouer la scène de ma colère épique à la mi-temps du match France-Italie du Tournoi des Six Nations 2002. Je me rends à Colombes avec la quasi-certitude de ne pas être retenu, notre concurrent direct n'étant autre que Robert Pires, champion du monde de football en titre. A priori, la partie est déséquilibrée, mais comme l'équipe de France de foot ne réussit pas son Mondial en Corée, c'est notre projet qui est retenu, à mon grand étonnement.

Le tournage est sympa : je me retrouve dans un vestiaire de Colombes à déguster un bon café au milieu de jeunes espoirs de Domont, club de niveau fédéral et d'un seul coup, alors que nous venons de piquer un fou rire, j'entends : « moteur ! » On me demande, sur-le-champ, de piquer une grosse colère : comment sermonner, à froid, ces jeunes gens charmants et fort sympathiques contre lesquels je n'ai pas le moindre grief ? J'en garde le souvenir d'une aventure enrichissante et j'imagine la difficulté des acteurs de cinéma, qui doivent faire volte-face illico presto. La somme perçue n'est pas mirobolante mais j'entrevois là une opportunité pour participer à l'achat du fauteuil roulant de Tom, le fils d'un ami au grand cœur. C'est une constante dans le milieu du rugby que d'avoir cet état d'esprit tourné vers les autres. C'est une vertu largement partagée : nous avons été nourris, éduqués à cette solidarité. Entre-temps, on me propose un autre projet, au final amusant. La marque de vêtements Ollygan me sollicite pour porter le costume... Je suis en concurrence avec Laurent Blanc, le Président, un monument ! Eh bien, devinez à qui le pompon ? à Rocco Siffredi, l'ex-star du porno, qui nous devance d'une longueur. Plus tard, à Bordeaux, à Paris, je vois des panneaux 4 x 3 partout : « Ollygan rhabille Rocco Siffredi. » Dire que j'aurais pu être à sa place...

Dans ma tête, c'est très clair, je n'accepterai plus de tourner une seule publicité, sauf avec l'assentiment des joueurs et à condition que la somme reçue leur revienne intégralement, parce que quelque part c'est leur dû. Cet été, j'ai même été approché pendant la tournée argentine par l'un des plus grands groupements de vente de viande Pampa Mía (!) afin de véhiculer leur image en France pour plusieurs années...

Indépendant du rugby

Le jour où j'ai franchi le pas, ou j'ai décidé de passer professionnel, je n'ai qu'une idée en tête : ne pas être dépendant du rugby pour subsister, être capable de vivre grâce à une autre activité. Ça peut paraître antinomique, mais je veux exercer ce métier tant que j'en ai la passion et je ne souhaite surtout pas m'y plier contraint et forcé pour subvenir aux besoins de mes proches : c'est-à-dire continuer de le faire parce qu'il le faut et non parce que j'en ai envie.

Ainsi, dès mon arrivée à Paris, centre névralgique de toutes les affaires, où mille occasions et opportunités se dessinent chaque jour, je regarde et j'écoute ; je comprends vite que, dans le monde des affaires, c'est comme dans le management d'une équipe : tu dois choisir tes associés comme tu choisis tes joueurs sur le terrain, en partageant le même état d'esprit.

Pour moi, il y a une certaine urgence et je m'intègre dans une activité de bars-brasseries, avec des amis bordelais et toulousains, dans un concept particulier style bodega. Ça se fait en complète harmonie, avec l'adhésion de tous, dans la complémentarité, et toujours dans l'esprit rugby qui est le nôtre : travail, sérieux, probité, fidélité.

Nous avons la chance que nos affaires se développent très rapidement, et l'un de nos associés a une idée de génie. À Paris, Olé Bodega s'amuse sous chapiteau de cirque où le spectacle a lieu autour et sur la piste avec lanceurs de couteaux, cracheurs de feu et trapézistes, le tout dans une ambiance jeune, sympathique, bon enfant, très abordable au niveau des prix. Pour moi, c'est important ; je n'oublie pas d'où je viens. La maison a fait des petits à Lyon, Toulouse, prochainement à Lille.

Mais monter une affaire, deux, trois, ce n'est justement pas une mince affaire. Il faut être capable de s'engager, d'aller au bout d'un projet, de faire preuve de solidarité avec ses associés. Sans cesse être vigilant, attentif. C'est le lot de la vie. J'ai deux autres activités professionnelles extrarugbystiques : nous possédons en effet deux campings d'une capacité de mille emplacements au bas de la dune du Pyla, entre La Teste et Biscarosse.

Le camping, c'est toute ma jeunesse. Cette année, je n'ai pu m'y rendre qu'en juillet. C'est un vrai moment de bonheur pour moi. J'y suis détendu, en short, au grand air des Landes, c'est la steppe, c'est sain, pur, un lieu protégé, au loin l'infini de l'Atlantique... À l'heure de l'apéro, je regarde, j'écoute, j'encaisse, je rends, je me défends, je suis avec la France, la France profonde, la mienne. Ça me plaît. C'est ma vie. C'est la guinguette, je fais un ping-pong avec les jeunes, une petite pétanque avec les vieux, comme jadis à l'Isle-sur-Tarn.

L'an passé, j'ai commis une erreur à ne jamais recommencer : le tour des campements pour souhaiter la bienvenue. Certains m'attendaient de pied ferme avec le maillot de l'équipe de France : « Vous prendrez bien une petite Suze, monsieur Laporte. » Et le voisin : « Un petit Ricard, une anisette. » Un autre, plus loin : « Goûtez-moi cette petite poire de la Loire, vous allez m'en dire des nouvelles. » Impossible de refuser, sinon tu fâches tout le monde. J'ai eu beau tenter de calmer le jeu, de dégager en touche, en improvisant quelques lancements et phases de conquête, en regroupant à plusieurs reprises quelques campeurs, je ne trouvais plus la sortie et je ne pouvais pas remonter la côte...

Contrairement à ce que pourraient croire ceux qui ne me connaissent pas, je ne suis pas matérialiste et, en affaires, je ne suis pas boulimique. Mon Dieu à moi, c'est pas le fric : l'appât du gain pour le gain ne m'intéresse pas. Vivre à Auteuil, Neuilly ou Passy, rouler en Rolls ou en Ferrari, c'est pas mon truc.

Mon seul souci c'est que les gens autour de moi soient heureux, et ce qui m'attire, ce qui me motive en permanence, c'est l'envie de créer, l'idée de tenter, d'innover pour réussir une aventure humaine, à travers une autre, professionnelle. Découvrir d'autres mondes, d'autres horizons, d'autres gens. Ça, oui.

À une époque, on me proposait presque une affaire par semaine. En traversant la France, parfois, je découvre qu'on m'en affecte d'autres... On a vite fait de vous associer à des tas de choses et à une foule de gens. Mais, comme à douze ans, c'est moi qui choisis. Je fais très attention à ne pas mélanger les genres. Je n'empiète jamais pour mes affaires personnelles sur le temps imparti au rugby et à l'équipe de France. C'est la moindre des choses : question d'éthique et d'honnêteté élémentaires, évidentes.

Mon Tour de France

Ma petite Marine, le jour de ses neuf ans, la larme à l'œil, me fait une déclaration poignante, qui me bouleverse : « Tu sais, je n'aime pas le rugby, parce qu'il m'a pris mon papa. » Aujourd'hui, elle a grandi et nous avons parlé. Ce n'est plus un problème entre nous. Il n'empêche qu'à travers mes zigzags dans toute la France, quand je roule la nuit, cette phrase-là reste dans ma gorge, resurgissant si souvent au point de me faire dire : « Bernard, arrête et rentre à la maison. »

Je fais soixante-dix mille kilomètres par an et je prends l'avion entre deux et quatre fois par semaine. Ça fait partie de mon engagement avec la Fédération, mais aussi de mon investissement personnel dans le rugby. C'est une façon, pour moi, de rendre à ce monde tout ce qu'il m'a offert. Quand je suis attendu à Oyonnax, à Périgueux, dans l'Isère, en Bretagne ou ailleurs et que je participe à des dîners-débats avec des partenaires, que je dois rester une heure et qu'en réalité je m'y attarde quatre, pour faire plaisir aux clubs, petits ou grands, c'est ma contribution à la promotion de notre sport et c'est incontournable. Lorsque je me rends à Vannes, à la demande du comité départemental de Bretagne, pour animer un débat avec des partenaires payants et que cet argent récolté permet l'organisation d'un tournoi de jeunes avec des écoles de rugby de clubs huppés, je ne me sens pas le droit de dire non. Encore un autre engagement pour participer à l'éclosion de notre sport.

Parfois, je n'ai pas envie d'y aller, mais quand j'arrive dans un patelin, tard dans la nuit, et qu'à côté d'un panneau directionnel, je lis une pancarte : « Soirée Bernard Laporte » et que le village, comme à Bressols, dans le Tarn-et-Garonne, près de Montauban, est désert, parce que jeunes et vieux vous attendent chaleureusement sous la halle, eh bien, ça fait très chaud au cœur. Ça vous transcende et vous pousse à continuer. À Mont-Didier, dans l'Oise, quand vingt-cinq jeunes t'attendent sous la pluie, au bord de la route, et que le maire te fait un accueil bouleversant parce que, au fond de lui, il n'avait jamais vraiment pensé que l'entraîneur de l'équipe de France viendrait en chair et en os, répondant à l'invitation d'un club de petite série, je ne peux pas ne pas y aller.

Parfois, seul sur la route, les nuits sont longues. C'est dur, souvent, mais voilà l'un des chemins de ma passion, le rugby des petits : c'est le rugby amateur, c'est aussi mon rugby et c'est de là que je viens. Et ma hantise serait de laisser un enfant au bord de la route, que je décevrais pour ne pas l'avoir vu parce que moi aussi j'ai été enfant, il n'y a pas si longtemps... et que rien n'est plus grave pour un jeune passionné qu'on ne puisse répondre à son attente.

Voyage au bout du monde

Depuis ma nomination à la tête de l'équipe de France, Marine, ma fille, treize ans, qui me ressemble en tous points, m'a écrit une lettre, un talisman que je garde sur mon cœur : elle me dit combien elle est fière de son papa, qu'elle est heureuse pour moi que je puisse vivre ma passion à fond et qu'elle sera près de moi jusqu'au bout...

Devant moi, un événement hors du commun, suprême, la magie de la chose et du lieu : la Coupe du monde au cœur du Nouveau Monde, à l'autre bout de la planète. Moi, Bernard Laporte, enfant de Gaillac, je vais mener avec tout un staff les troupes tricolores à l'assaut des rugissants Australiens. Merveilleux.

L'Australie, c'est la nation la plus sportive du monde, qui fabrique des champions en séries : tennis, rugby à XV, à XIII, natation, athlétisme... Tout y est conçu pour le culte du beau et du sport. Sur la plage de Manly, tout au bout de Sydney, où règnent surfeurs et baleines, une image extraordinaire symbolise l'état d'esprit du pays : à toute heure du jour et de la nuit, toutes les générations et toutes les catégories sociales de l'Australie défilent en courant : à sept heures, les PDG ; à huit heures, les sportifs ; à neuf heures et demie, les retraités ; à onze heures, les femmes, en tenue, avec les enfants dans les poussettes ; à quinze heures, les étudiants. Pour les Australiens, organiser la Coupe du monde chez eux, c'est une affaire d'État. Pour eux, la gagner, c'est encore plus fort, c'est détrôner le XIII et l'Australian Rules, le foot d'ici, et c'est véritablement faire du XV le sport prioritaire, ce qu'il n'est pas à ce jour, malgré deux Coupes du monde rapportées en 1991 et 1995, mais ailleurs. Cette fois, c'est chez eux et ça va être magistralement beau et géant, à l'échelle du pays. J'y étais, avec Jo Maso, il y a encore quelques semaines et nous avons bien compris qu'il s'agit, ni plus ni moins, que d'organiser de nouveaux Jeux olympiques.

Face à nous, nous avons trois nations majeures : l'Angleterre, l'Australie et la Nouvelle-Zélande qui sont en avance, puisqu'elles se sont donné les moyens d'être plus souvent rassemblées. Elles ont donc disposé de plus de temps pour travailler, mettre en place une stratégie, élaborer des tactiques. Cela étant, nous n'avons rien à craindre, nulle peur à ressentir. Il me tarde même d'y être. Extrêmement déterminés, nous passons trois mois ensemble et nous faisons tout pour mettre en place les meilleures préparations physiques et psychologiques qui s'imposent. Il y a quelque chose de fort qui se mijote, de l'enthousiasme, de la complicité et une passion commune qui font que nous devons bien figurer. Pour ce faire il faut savoir souffrir et aller au bout de nous-mêmes ; c'est la loi de tout sportif de haut niveau. Au moment déterminant du choix des hommes qui vont porter cette aventure, il y a eu des instants douloureux que j'ai vécus d'abord dans la solitude : trois jours durant, je m'isole à Biscarosse, je cours sous la pluie au bord de l'Océan qui cogne, qui gronde, je ne dors pas de deux jours : c'est le moment le plus déchirant de ma vie d'entraîneur national depuis ma nomination à la responsabilité suprême de l'équipe de France. J'ai ouvert tous les dossiers dans ma tête, pesé le pour et le contre, réfléchi à toutes les hypothèses en fonction des places à pourvoir et du rôle de chacun dans cette compétition. Plus tard, à Paris, la décision est collégiale et aucun joueur n'est imposé de façon formelle par qui que ce soit. J'assume mes responsabilités et je tiens à annoncer moi-même la mauvaise nouvelle à ceux qui ne sont pas retenus et à leur en expliquer les raisons.

Une heure durant, au bout du fil, une tension terrible, beaucoup de blancs, une grande émotion réciproque, des tremblements dans la voix : je les comprends, je partage leur peine. Ils ont accepté et tous ont été dignes. Malheureusement, il n'y a que trente places, il faut faire des choix, dire ce qu'on croit. Les choses ne se font pas si simplement, on laisse des gens en route, c'est une loi implacable.

Un groupe est multiple et son équilibre est délicat : il s'enrichit de la diversité, de la force, de la passion et d'une conviction commune. Quelque part, chacun trouve sa place et son complément : un grand collectif se fait de personnages divers, voire atypiques, qui se tirent les uns les autres vers l'excellence. Notre chef de meute, c'est Fabien Galthié : quatre Coupes du monde, un charisme et un crédit reconnus de tous, qui lui confèrent une faculté d'écoute absolue. Il peut s'appuyer sur Fabien Pelous, Raphaël Ibanez, Olivier Magne et Olivier Brouzet, tous capitaines un jour, de grande expérience.

D'autres, modèles d'exemplarité : Jean-Jacques Crenca, Tony Marsh et Pieter De Villiers. Sa blessure malheureuse est un terrible coup du sort qui doit renforcer la solidarité de tous. Au jeu des autres familles, qui sont des modules indispensables : Nicolas Brusque, Aurélien Rougerie, Dimitri Yachvili, Gérald Merceron, Serge Betsen, Sébastien Chabal, Jérôme Thion, Yannick Jauzion, Yannick Bru, Jean-Baptiste Poux, Olivier Milloud et le petit dernier, Brian Liebenberg : calmes, pondérés, discrets, secrets. A contrario, des boute-entrain déjà bien repérés : Fred Michalak, Clément Poitrenaud, Imanol Harinordoquy, Xavier Garbajosa et Damien Traille, toujours à l'affût de la moindre facétie ; la fraîcheur de la jeunesse et de l'esprit potache. Enfin, ceux pour lesquels tout ne fut pas simple et qui ont galéré, mais qui ont su revenir avec une expérience décuplée : les Christophe Dominici, Christian Labit, Pepito Elhorga, Patrick Tabacco, David Auradou et Sylvain Marconnet, tous passés par des creux... et des bosses, de vilaines et durables blessures, des coups durs dans la vie et sur le terrain : ce sont des compétiteurs farouches, qui n'ont rien lâché : c'est tout à leur honneur, et cette force d'âme va rejaillir sur le groupe. À nous de réussir l'alchimie, car ce serait une grave erreur de croire que nous sommes déjà en quart de finale, les mains sur le guidon. Moi, je ne veux pas voir plus loin que les Fidji. Déjà, ce premier match va se dérouler dans des conditions dures, certainement par très grosse chaleur (40° C et plus de 90° C de taux d'humidité dans l'air). L'Écosse, que nous connaissons bien, nous a donné par le passé maintes fois du fil à retordre. Au-delà de ces adversaires, le plus important est de savoir vers quoi nous allons tendre, ce que nous mettons en place. Une grande équipe est celle qui, sur des principes simples, développe le maximum d'efficacité : une défense intraitable (n'oublions jamais que les Australiens, derniers champions du monde, encaissent un essai en six matchs), une grande capacité dans le combat individuel et collectif, et surtout ne donner aucun point gratuitement. À Christchurch, par exemple, cet été en Nouvelle-Zélande, là où nous marquons deux essais réfléchis, construits et travaillés (et Dieu sait combien il est difficile aujourd'hui de concrétiser), on en perd le bénéfice en faisant marquer deux fois, en deux passes, sur récupération. Tout le monde se prépare durement et chacun est respectable. Les grandes nations n'ont pas ce problème, qui est un peu français, de s'imaginer que tout se fera naturellement, sans effort particulier, parce qu'on joue contre X ou Y, qui n'est pas aussi fort que W ou Z. C'est un effort mental à conforter : la Coupe du monde, on n'y pense pas la veille au matin.

Quant au style de jeu à attendre, il y a malheureusement de grandes chances qu'on assiste à la Coupe du monde des défenses. Elles ont pris le dessus sur les attaques, puisque neuf fois sur dix les meilleurs ballons offensifs sont des munitions récupérées à l'impact d'une défense rigoureuse. La défense, aujourd'hui, c'est un ballet collectif, c'est une musique sans fausse note, donc des gammes à refaire tous les jours, sans se lasser. Ainsi, les Anglais, qui sont les plus forts et les plus complets, ont acquis leur maturité, leur plénitude et leur confiance, sur une organisation de défense quasiment sans faille. Il faudra donc une complicité extrême et une perfection technique absolue, car tout va se jouer sur un geste, peut-être un seul, mais à la seconde près.

Nous nous y employons. Sans parler de botte secrète, nous avons une petite idée derrière la tête. Pour ce, nous ferons appel au travail qui doit être mis au service du meilleur talent sans lequel rien ne peut s'accomplir. Le champion du monde ne sera donc pas celui qui attaque le plus, mais celui qui attaquera le mieux.

Pour nous, sur le plan offensif, notre souci est de nous doter d'une référence commune sans déroger à notre volonté d'élargir le jeu, ce que nous faisons depuis deux ans, mais nous sommes en recherche du juste équilibre, du bon tempo à insuffler à nos mouvements. Les Blacks, par exemple, ne font pas plus que les autres, mais ils vont plus vite que les autres en partant de ballons de récupération ; aujourd'hui ils misent tout sur la vitesse et la précision de leurs trois-quarts, contrairement aux Australiens qui préparent de façon plus structurée, mais qu'on voit mieux venir : gare cependant quand ils auront récupéré tous leurs joueurs. La seule chose qui nous échappe et qui nous inquiète un peu aujourd'hui, c'est de savoir à quel arbitrage nous allons être confrontés lors de ce Mondial. Voilà une question essentielle qui appelle une réponse rapide. À ce jour, il y a encore trop de flou et d'incompréhension dans certaines décisions, et il urgent de statuer. Nous devons le faire avant le coup d'envoi de ce Mondial. Le gros point noir, ce fléau qu'on n'arrive pas à éradiquer, c'est le jeu au sol : la zone plaqueur-plaqué qui, selon que vous êtes du Nord ou du Sud, n'est par arbitrée de la même façon. La mêlée est également source de divergences. Nous avons été lourdement pénalisés cet été, et les joueurs ne comprennent toujours pas. Nous avons beau avoir en main un CD dépeignant les façons d'intervenir de chacun des arbitres qui seront désignés, nous avons besoin d'éclaircissements, de cohérence ; ce qui est également vrai pour les autres nations. Des règles communes doivent être établies avant le Mondial.

Mystères et avenir

Il est près de minuit dans le grand salon vert de l'hôtel Ambassador via Veneto de Rome où, dans cette après-midi du 23 mars 2002, nous venons de battre l'Italie (53-27). Bernard Lapasset, qui me convie à sa table avec Jo Maso et Jean Dunyach, m'interpelle sur un premier bilan de ce Tournoi : il me demande si j'ai réfléchi à mon avenir et quelle suite je compte donner à ma carrière...

Je devance immédiatement l'appel et lui déclare, très posément et très clairement : « Président, ne vous faites pas de souci pour moi ! Vous m'avez procuré la plus grande joie qui soit : jamais je n'aurais pensé entraîner un jour l'équipe de France, moi qui n'ai jamais été international. Quoi que vous décidiez, je serai positif et vous pouvez être sûr que je serai le premier supporter du prochain entraîneur du XV de France, qui pourra toujours compter sur moi, jour et nuit. Je suis venu avec un immense bonheur et repartirai le moment venu dans le même état d'esprit. J'ai vécu quatre années extraordinaires, rencontré des personnes fantastiques d'horizons différents, côtoyé le très haut niveau, de quoi pourrais-je me plaindre ? Jamais je ne serai jaloux, aigri, revanchard par rapport à un autre. Je ne vis pas par procuration. Si je dois avoir un successeur, je serai son premier défenseur. Ce que vous déciderez sera bien, Président. » J'ai la chance d'avoir été sollicité pour deux très grands projets (l'idée de piloter, le temps venu, un grand dessein de marketing sportif me trotte dans la tête), dont l'un à l'étranger. Une troisième proposition m'a été faite, d'ordre politique celle-là : ce qui serait un vrai grand et nouveau défi pour moi.

Ce n'est pas l'étiquette qui m'intéresse, j'éprouve beaucoup de respect et d'admiration pour des hommes qui se trouvent dans les deux camps. Non, ce qui me passionnerait vraiment, c'est de savoir si l'on peut détenir une parcelle de pouvoir au service des autres, et la seule chose qui me fascinerait serait de pouvoir influer sur le quotidien de mes concitoyens. Mais c'est trop tôt. Par contre, ce dont je suis persuadé, c'est que je ne prendrai plus en main les destinées d'une autre équipe après avoir rempli mon contrat auprès de l'équipe de France. Ma décision est prise, que ce soit maintenant, dans deux mois ou plus tard...

Il m'arrivera bien sûr de temps en temps d'y goûter à nouveau, ne serait-ce qu'auprès des jeunes. Ce n'est pas difficile de continuer à entraîner après avoir dirigé l'équipe de France; tu as tellement vécu et appris de choses que tu as envie, besoin, d'en faire profiter d'autres au maximum.

La vie, elle est belle et elle est brève : il faut savoir rire et souffrir avec les autres. En ce qui me concerne, c'est parce qu'il y avait les autres que je suis venu au rugby; c'est une vraie école du partage, du respect des différences : ainsi, même si ce n'est pas toujours facile de vivre à quarante pendant des mois, c'est aussi une exigence de soi au service du collectif : savoir accepter des manques, des erreurs, des incompréhensions et tenter de les compenser. C'est dans cette attitude qu'on forge la puissance d'un groupe : faire les choses tout seul ne m'intéresse pas et ne m'intéressera jamais. J'ai un besoin terrible (est-ce une faiblesse ?) d'avoir toujours tellement besoin d'autrui. Je veux partager des joies, car tout seul rien n'est beau. En tout cas, c'est ce que je pense, moi.

Notre rugby, sport de combat, t'oblige à aller vers les autres : tu apprends à vivre en communauté. Il y a un équilibre à travers la souffrance et la jouissance collectives : dans ce sport, c'est l'aventure humaine qui est enrichissante. Et moi, je me nourris de cet amour viscéral des hommes, de ce jeu de ses stratégies (en ce moment, je lis un ouvrage de Gérard Chaliand : *Anthologie mondiale de la stratégie*, détaillant les tactiques appliquées par les plus grands hommes de l'Histoire. Alexandre le Grand, Hannibal, César, Guillaume le Conquérant, Napoléon.

Croyez-le ou pas, un titre de champion du monde ne changera pas ma vie ! Évidemment, sur l'instant tu es un autre homme, tu es bouleversé, emporté, balayé par la violence de l'émotion, tu atteins le sublime, et puis c'est la vie, le souffle s'atténue. Certes, sur l'heure, tu prends date, tu marques de ton sceau une période, mais après toi d'autres arrivent, font et défont, sont champions ou pas. Je regarde toujours devant, plus loin.

Ce titre ne changera rien, mais je veux le gagner. Pourquoi ? parce que j'aime cette équipe, les joueurs qui la composent et j'aime mon pays par-dessus tout. Je suis un compétiteur. À neuf ans, je me suis fait une promesse, en rentrant à la maison, apeuré, en sanglots, après mon premier entraînement : je ne lâcherai jamais ! J'irai au bout de mes convictions, au bout de mes rêves...

Bernard Laporte digest

Né le 1er juillet 1964 à Rodez.
1,85 m pour 78 kg. Trois frères : Gérard, Christian, Philippe ; une sœur : Florence.
Marié à Nadine. Des enfants jumeaux : Baptiste et Marine (treize ans).
Domicile : Paris.
Clubs successifs : Gaillac, Bègles, SBUC, Stade Français.
Palmarès : capitaine de Gaillac, double champion de France juniors Crabos 1983, 1984.
Capitaine de Bègles, champion de France 1991 (19 à 13 devant Toulouse). Il devient le plus jeune entraîneur de première division, à vingt-neuf ans, au SBUC. Sous sa férule, le Stade Français est sacré champion de France deuxième division (1996), champion de France du groupe A2 (1997) et champion de France de première division (1998, victoire sur Perpignan, 34 à 7). Vainqueur du Trophée du-Manoir/Coupe de France (1999). À trente-cinq ans, il devient le plus jeune entraîneur d'une équipe nationale et remporte le premier super grand chelem en 2002. Bilan chiffré : 38 matches, 21 victoires, un nul.
Particularité : deux stades portent son nom, celui de Gaillac (Tarn) et de Cadaujac (Gironde).

Saison 2000

Le Tournoi des Six Nations

• À Cardiff (Millenium, 5 février) : France bat pays de Galles par 36 à 3 (9-3).
France : 3 E Magne (56e), Castaignède (58e), Ntamack (79e), 4 P (27e, 36e, 50e, 78e), 1 D (24e), 3 T Lamaison.
72 500 spectateurs. Arbitre : M. White (Angleterre).
Cartons jaunes : Quinnell (44e), Venditti (64e).
France : Castaignède, Ntamack, Dourthe (Venditti 21e), Lombard, Dominici ; (o) Lamaison, (m) Galthié (Laussucq 80e) ; Magne (Betsen 75e), Pelous (cap), Benazzi ; Brouzet, Matiu (Lièvremont 45e) ; Tournaire (De Villiers 74e), Dal maso (Ibanez 74e), Califano.

• À Paris (Saint-Denis, 19 février) : Angleterre bat France par 15 à 9 (9-0).
France : 3 P Dourthe (46e, 52e, 72e).
79 310 spectateurs. Arbitre : M. Dickinson (Australie).
Cartons jaunes : Brouzet (29e), Betsen (66e), Shaw (75e), Healey (82e).
France : Dourthe, Ntamack, Venditti, Lombard, Dominici ; (o) Castaignède, (m) Galthié ; Magne, Pelous, Benazzi (Betsen 63e) ; Brouzet, Matiu (Lièvremont 40e) ; Tournaire (De Villiers 73e), Dal maso (Ibanez 73e), Califano.

• À Édimbourg (Murrayfield, 4 mars) : France bat Écosse par 28 à 16 (10-6).
France : 3 E Castaignède (11e), Magne (68e, 73e), 3 P (21e, 47e, 78e), 2 T (11e, 73e) Merceron.

67 500 spectateurs. Arbitre : M. Lander (Angleterre).
Cartons jaunes : Ntamack (39e), Daudé (43e).
France : Castaignède, Dominici, Venditti, Lombard, Ntamack; (o) Merceron (Elissalde 82e), (m) Laussucq; Magne, Pelous (cap), Chabal (Costes 53e); Brouzet, Daudé (Lièvremont 51e); Tournaire (De Villiers 54e), Dal maso (Ibanez 54e), Califano.

• À Paris : Irlande bat France par 27 à 25 (7-13).
France : 1 E Laussucq (29e), 6 P (11e, 43e, 54e, 61e, 63e, 68e), 1 T Merceron.
78 500 spectateurs. Arbitre : M. Honnis (Nouvelle-Zélande).
France : Ntamack, Bernat-Salles, Desbrosses, Glas, Bory; (o) Merceron, (m) Laussucq; Benazzi (Mallier 60e), T. Lièvremont, Costes; Pelous (cap), Brouzet (Belot 71e); Tournaire (De Villiers 71e), Dal maso (Ibanez 51e), Califano.

• À Paris : France bat Italie par 42 à 31 (20-17).
France : 5 E Penaud (26e, 67e), Castaignède (37e), Pelous (45e), Benazzi (63e); 3 P (8e, 32e, 53e), 4 T (26e, 37e, 45e, 67e) Dourthe.
73 000 spectateurs. Arbitre : M. Deluca (Argentine).
France : Castaignède, Bernat-Salles (Venditti 23e), Dourthe, Ntamack, Bory (Heymans 73e); (o) Penaud, (m) Hueber; Magne, T. Lièvremont (Benazzi 40e), Mallier; Pelous (cap), Brouzet (Miorin 64e); Tournaire (De Villiers 73e), Dal maso (Ibanez 40e), Califano.

Tournée d'automne

• À Paris (Saint-Denis, 4 novembre) : Australie bat France 18 à 13 (9-3).
France : 1 E Galthié (76e), 2 P (40e, 81e), 1 T Lamaison.

60 000 spectateurs. Arbitre M. Honnis (Nouvelle-Zélande).
France : Garbajosa, Lombard, Dourthe, Comba, Bory ; (o) Lamaison, (m) Galthié ; Magne, Juillet (Azam 82e), Moni (Betsen 68e) ; Pelous (cap), Brouzet (Auradou 58e) ; Califano (Tournaire 61e), Landreau, Marconnet (Califano 61e).

• À Paris (Saint-Denis, 11 novembre) : Nouvelle-Zélande bat France par 39 à 26 (15-12).
France : 2 E Bernat-Salles (78e), Pelous (81e), 4 P (5e, 10e, 12e, 24e), 2 T Lamaison.
75 000 spectateurs. Arbitre M. Erickson (Australie).
France : Garbajosa, Lombard (Bernat-Salles 52e), Dourthe, Comba, Bory ; (o) Lamaison, (m) Galthié (Carbonneau 73e) ; Magne, Juillet, Moni (Betsen 65e) ; Pelous (cap), Auradou (Brouzet 75e) ; Califano (De Villiers 61e), Landreau (Azam 81e), Marconnet (Califano 52e).

• À Marseille (Vélodrome, 18 novembre) : France bat Nouvelle-Zélande par 42 à 33 (26-24).
France : 3 E Garbajosa (3e), Magne (8e), Galthié (65e), 5 P (11e, 26e, 28e, 38e, 74e), 2 D (69e, 86e), 2 T Lamaison.
60 000 spectateurs. Arbitre M. Kaplan (Afrique du Sud).
France : Sadourny, Bernat-Salles, Dourthe, Comba, Garbajosa ; (o) Lamaison, (m) Galthié (Carbonneau 73e) ; Magne, Juillet, Moni (Betsen 70e) ; Pelous (cap), Auradou (Brouzet 52e) ; De Villiers, Landreau (Azam 81e), Marconnet (Califano 52e).

Saison 2001

Tournoi des Six Nations

• À Paris (Saint-Denis, 4 février) : France bat Écosse par 16 à 6 (16-6).
France : 1 E Bernat-Salles (42e), 3 P (12e, 37e, 85e) 1 T. Lamaison.
78 500 spectateurs. Arbitre : M. Dickinson (Australie).
France : Garbajosa, Bernat-Salles, Dourthe (Merceron 72e), Comba, Bory ; (o) Lamaison, (m) Galthié ; Magne, Juillet, Moni (Besten 52e) ; Pelous (cap), Auradou (Benazzi 52e) ; De Villiers, Ibanez, Marconnet (Califano 52e).

• À Dublin (17 février) : Irlande bat France par 22 à 15 (9-3).
France : 2 E Pelous (66e), Bernat-Salles (72e), 1 P (19e), 1 T (61e) Lamaison.
47 500 spectateurs. Arbitre : M. Young (Australie).
France : Garbajosa, Bernat-Salles, Comba, Dourthe, Bory (Dominici 70e) ; (o) Lamaison, (m) Carbonneau ; Magne, Juillet, Moni (Betsen 70e) ; Auradou (Benazzi 63e), Pelous (cap) ; De Villiers, Ibanez, Marconnet (Califano 63e).

• À Rome (3 mars) : France bat Italie par 30 à 19 (14-9).
France : 3 E Sadourny (13e), Bernat-Salles (25e), Bonetti (81e), 3 P (46e, 58e, 64e), 3 T Lamaison.
25 000 spectateurs. Arbitre : M. White (Angleterre).
France : Sadourny, Bernat-Salles, Bonetti, Lombazrd, Dominici ; (o) Lamaison, (m) Galthié ; Magne, Juillet, Moni (Besten 40e) ; Pelous (cap), Auradou ; De Villiers, Ibanez, Califano (Marconnet 52e).

• À Paris (Saint Denis, 17 mars) : Galles bat France par 43 à 35 (16-19).
France : 2 E Bonetti (8e), Bernat-Salles (60e), 7 P (50e, 66e, 73e) Lamaison, (11e, 16e, 25e, 36e) Merceron, 2 T.
78 000 spectateurs. Arbitre M. Lewis (Irlande).
France : Sadourny, Bernat-Salles, Bonetti, Lombard, Dominici ; (o) Merceron (Lamaison 43e), (m) Galthié ; Magne, Juillet, Moni (Betsen 61e) ; Pelous, Auradou ; De Villiers, Ibanez, Califano (Marconnet 62e).

• À Londres (Twickenham, 7 avril) : Angleterre bat France par 48 à 19 (13-16).
France : 1 E Bernat-Salles (14e), 3 P (18e, 29e, 35e), 1 D (56e), 1 T Merceron.
78 500 spectateurs. Arbitre : M. Henning (Afrique du Sud).
France : Sadourny, Bernat-Salles, Glas, Garbajosa, Dominici ; (o) Merceron, (m) Galthié ; Magne, Pelous (cap), Milhères ; Benazzi (Auradou 46e), Nallet (T. Lièvremont) ; De Villiers (Galasso 83e), Ibanez (Landreau 57e), Marconnet.

Tournée d'été

• À Johannesburg (16 juin) : France bat Afrique du Sud par 32 à 23 (16-11).
France : 2 E Dominici (18e), Merceron (63e), 6 P (11e, 25e, 36e, 57e, 66e, 83e), 2 T Merceron.
52 230 spectateurs. Arbitre : M. Deluca (Argentine).
France : Jeanjean, Dominici, Jauzion, Glas, Bory ; (o) Merceron, (m) Galthié (cap) ; Magne, Tabacco, Chabal (Vermeulen 54e) ; Bouzet (Nallet 78e), Auradou ; De Villiers (Califano 78e), Ibanez, Crenca.

• À Durban (23 juin) : Afrique du Sud bat France par 20 à 15 (14-15).
France : 4 P (12e, 25e, 30e, 37e), 1 D (40e) Merceron.
44 794 spectateurs. Arbitre : M. White (Angleterre).
Cartons jaunes : Andrews (16e), Barry (38e), Magne (61e).
France : Jeanjean, Bory, Jauzion, Glas, Dominici ; (o) Merceron, (m) Galthié (cap) ; Magne, Tabacco, Chabal, (Vermeulen 71e) ; Bouzet, Auradou (Nallet 73e) ; De Villiers, Ibanez (Azam 64e), Crenca (Califano 64e).

• À Wellington (30 juin) : Nouvelle-Zélande bat France par 37 à 12 (17-6).
France : 4 P (9e, 13e, 44e, 55e) Skrela.
35 500 spectateurs. Arbitre : M. Lewis (Galles).
France : Elhorga (Bonetti 80e), Jeanjean, Jauzion, Glas, Dominici ; (o) Skrela (Merceron 75e), (m) Galthié (cap) ; Magne, Tabacco, Bouilhou (Chabal 45e) ; Brouzet, Nallet (Auradou 40e) ; Califano (De Villiers 68e), Azam (Ibanez 53e), Milloud (Crenca 53e).

Tournée d'automne

• À Paris (Saint-Denis, 10 novembre) : France bat Afrique du Sud par 20 à 10 (9-3).
France : 1 E Ibanez (75e), 5 P (9e, 12e, 36e, 67e) Gelèz (60e) Traille.
76 000 spectateurs. Arbitre M. Lewis (Irlande).
France : Poitrenaud (Jeanjean 80e), Rougerie, Traille, Marsh, Bory ; (o) Gelez, (m) Galthié (cap) ; Magne, Ntamack, Tabacco ; Privat (Nallet 68e), Auradou ; De Villiers, Ibanez, Crenca.

• À Marseille (Vélodrome, 17 novembre) : France bat Australie par 14 à 13 (11-3).
France : 1 E Marsh (27e), 3 P (3e) Michalak, (37e, 42e) Traille.
60 000 spectateurs. Arbitre M. Hawke (Nouvelle-Zélande).
France : Poitrenaud (Jeanjean 58e), Rougerie, Traille, Marsh, Bory ; (o) Michalak, (m) Galthié (cap) ; Magne, Tabacco, Betsen ; Privat (Nallet 73e), Auradou, De Villiers, Ibanez (Bru 77e), Crenca.

• À Saint-Étienne (Geoffroy-Guichard, 24 novembre) : France bat Fidji par 77 à 10 (29-0).
France : 12 E Betsen (10e, 48e), Galthié (27e), Bory (44e), Poitrenaud (46e), Magne (41e), Dominici (43e, 52e), Jeanjean (66e), Rougerie (68e, 81e), Poux (81e), 1 P (33e) Merceron, 7 T Merceron.
34 000 spectateurs. Arbitre M. Lawrence (Afrique du Sud).
France : Poitrenaud (Jeanjean 61e), Dominici, Traille, Marsh, Bory (Rougerie 61e) ; (o) Merceron, (m) Galthié (cap, Michalak 61e) ; Magne (Chabal 61e), Tabacco, Betsen, Privat, Auradou (Nallet 41e) ; De Villiers (Poux 61e), Ibanez (Bru 61e), Crenca.

Saison 2002

Tournoi des Six Nations

• À Paris (Saint-Denis, 2 février) : France bat Italie par 33 à 12 (19-12).
France : 2 E Traille (40e), Betsen (84e), 7 P (8e, 36e, 40e, 40e ; 44e, 59e, 77e), 1 T (40e) Merceron.

65 000 spectateurs. Arbitre : M. Lewis (Irlande).
Cartons jaunes : Auradou (23e).
France : Jeanjean (Garbajosa 53e), Rougerie, Marsh, Traille, Bory ; (o) Merceron, (m) Michalak (Albouy 82e) ; Magne (cap), Hall, Betsen ; Privat, Auradou (Pelous 59e) ; De Villiers, Bru (Ibanez 59e), Crenca.

• À Cardiff (Millenium, 16 février) : France bat pays de Galles par 37 à 33 (24-19).
France : 3 E Marsh (26e, 35e), Rougerie (41e), 5 P (23e, 43e, 49e, 71e) Merceron, (5e) Traille, 1 D (32e) Merceron, 2 T.
73 500 spectateurs. Arbitre : M. Mc Hugh (Irlande).
France : Brusque, Rougerie, Marsh, Traille, Garbajosa ; (o) Merceron, (m) Mignoni ; Harinordoquy, Hall (Audebert 70e), Betsen ; Brouzet, Privat (Pelous 60e) ; De Villiers, Ibanez (Bruno 66e), Crenca (Milloud 80e).

• À Paris (Saint-Denis, 2 mars) : France bat Angleterre par 20 à 15 (17-7).
France : 2 E Merceron (10e), Harinordoquy (19e), 2 P (37e, 60e), 2 T Merceron.
79 502 spectateurs. Arbitre : M. Watson (Afrique du Sud).
France : Brusque, Rougerie, Marsh, Traille, Bory ; (m) Merceron, (m) Galthié (cap) ; (Mignoni 67e) ; Magne, Harinordoquy (79e), Betsen ; Brouzet, Auradou (Pelous 61e) ; De Villiers, Ibanez (Azam 75e), Crenca (Milloud 61e).

• À Édimbourg (Murrayfield, 23 mars) : France bat Écosse par 22 à 10 (10-3).
France : 3 E Marsh (17e, 42e), Galthié (47e), 1 P (32e), 2 T (17e, 47e) Merceron.
62 500 spectateurs. Arbitre : M. Rolland (Irlande).
France : Brusque (Marlu 50e), Rougerie, Marsh, Traille, Bory ; (o) Merceron, (m) Galthié (cap) ; Magne, Harinordo-

quy, Betsen (Martin 78e) ; Brouzet, Pelous (Privat 67e) ; Poux (Marconnet 63e), Ibanez, Crenca.

• À Paris (Saint-Denis, 6 avril) : France bat Irlande par 44 à 5 (28-5).
France : 5 E Betsen (3e, 57e), Brusque (27e, 79e), Rougerie (32e), 5 P (14e, 24e, 39e, 49e) Merceron, (78e) Gelez, 2 T (3e, 32e) Merceron.
78 500 spectateurs. Arbitre : M. O'Brien (Nouvelle-Zélande).
France : Brusque, Rougerie, Marsh, Traille, Bory (Marlu 78e) ; (o) Merceron, (m) Galthié (cap), Mignoni (77e) ; Magne (Martin 77e), Harinordoquy, Betsen ; Brouzet (Auradou 77e), Pelous ; De Villiers (Poux 65e), Ibanez (Azam 77e), Crenca.

Tournée d'été

• À Buenos Aires (Velez, 15 juin) : Argentine bat France par 28 à 27 (6-6).
France : 3 E Brusque (51e), Jeanjean (75e), Marsh (78e), 2 P (35e, 38e), 3 T Merceron.
35 000 spectateurs. Arbitre : M. Marshall (Australie).
France : Brusque, Rougerie, Marsh, Traille, Jeanjean ; (o) Merceron, (m) Mignoni ; Magne (Chabal 67e), Labit (Magne 67e), Betsen ; Brouzet (Porcu 67e), Pelous ; Poux (Marconnet 76e), Ibanez (cap), Crenca.

• À Melbourne (22 juin) : Australie bat France par 29 à 17 (23-9).
France : 1 E Poux (81e), 4 P (25e, 30e, 44e) Gelez (3e), Traille.
37 482 spectateurs. Arbitre M. White (Angleterre).
France : Elhorga, Rougerie, Marsh, Traille (Jauzion 65e), Jeanjean ; (o) Gelez, (m) Michalak ; Magne, Harinordoquy

(Labit 82e), Betsen ; Porcu (Brouzet 65e), Pelous ; Poux (Marconnet 76e), Ibanez, Crenca.

• À Sydney (stade olympique, 29 juin) : Australie bat France par 31 à 25 (13-8).
France : 3 E Rougerie (33e, 76e), Marconnet (46e), 2 P (39e, 42e), 2 T (46e, 76e) Merceron.
64 703 spectateurs. Arbitre : M. Honnis (Nouvelle-Zélande).
France : Brusque, Elhorga (Rougerie 13e), Marsh, Traille (Jauzion 68e), Heymans ; (o) Merceron, (m) Michalak (Mignoni 77e) ; Chabal, Harinordoquy, Magne (Betsen 40e) ; Brouzet, Pelous (Porcu 62e) ; Marconnet (Poux 66e), Ibanez, Crenca.

Tournée d'automne

• À Marseille (Vélodrome, 9 novembre) : France bat Afrique du Sud par 30 à 10 (12-3).
France : 2 E Heymans (45e), Clerc (80e), 5 P (9e, 19e, 35e, 51e, 73e), 1 T (45e) Gelez, 1 D (29e) Castaignède.
57 203 spectateurs. Arbitre M. Rolland (Irlande).
France : Brusque, Clerc, Castaignède (Garbajosa 71e), Traille, Heymans ; (o) Gelez, (m) Galthié (cap), Magne, Harinoedoquy (Chabal 83e), Betsen ; Brouzet (Privat 86e), Pelous ; De Villiers (Marconnet 68e), Ibanez (Rué 83e), Crenca.

• À Paris (Saint-Denis, 16 novembre) : France et Nouvelle-Zélande font match nul 20-20 (mi-temps 10-10).
France : 2 E Magne (11e), Brusque (66e), 2 P (45e, 78e), 2 T Gelez.
78 625 spectateurs. Arbitre M. Young (Australie).

France : Brusque, Clerc, Castaignède, Traille, Heymans ; (o) Gelez, (m) Galthié (cap) ; Magne, Harinordoquy, Betsen ; Brouzet, Pelous ; De Villiers, Ibanez, Crenca.

• À Paris (Saint-Denis, 23 novembre) : France bat Canada par 35 à 3 (mi-temps 13-0).
France : 4 E Bory (15e), Traille (50e), Clerc (60e, 72e), 3 P (10e, 26e, 43e) Merceron, 3 T (15e, 50e) Merceron, (60e) Traille.
45 000 spectateurs. Arbitre M. Mc Hugh (Irlande).
France : Brusque, Clerc, Castaignède (Garbajosa 73e), Traille, Bory ; (o) Merceron (Gelez 76e), (m) Galthié (cap, Yachvilli 73e) ; Magne (Chabal 70e), Harinordoquy (Pelous 77e), Betsen ; Pelous (Auradou 73e), Brouzet ; De Villiers, Ibanez (Rué, 70e), Crenca (Marconnet 67e)

Saison 2003

Tournoi des Six Nations

• À Londres (Twickenham, 15 février) : Angleterre bat France par 25 à 17 (12-7).
France : 3 E Magne (17e), Poitrenaud (67e), Traille (80e), 1 T (17e) Merceron.
72 500 spectateurs. Arbitre M. Honiss (Nouvelle-Zélande).
France : Poitrenaud, Rougerie (Garbajosa 65e), Garbajosa (Castaignède 65e), Traille, Clerc ; (o) Merceron, (m) Galthié (cap) ; Magne, Harinordoquy, Betsen (Chabal 62e) ; Brouzet, Pelmous ; Califano (Marconnet 62e), Ibanez (74e), Crenca.

• À Paris (Saint-Denis, 23 février) : France bat Écosse par 38 à 3 (17-3).

France : 4 E Pelous (9e), Poitrenaud (42e), Traille (61e), Rougerie (84e), 4 P (4e, 19e, 30e, 44e), 3 T Gelez.
78 692 spectateurs. Arbitre M. Marshal (Australie).
France : Poitrenaud, Rougerie, Garbajosa (Castaignède 68e), Traille, Clerc (Garbajosa 68e) ; (o) Gelez, (m) Galthié (cap, Yachvilli 73e) ; Magne, Harinordoquy (Chabal 73e), Betsen ; Brouzet (Auradou 67e), Pelous ; Marconnet (Califano 67e), Ibanez (Rué 80e), Crenca.

• À Dublin (Lansdowne road, 8 mars) : Irlande bat France par 15 à 12 (12-3).
France : 4 P (15e, 45e, 53e, 74e) Gelez.
48 500 spectateurs. Arbitre : M. Watson (Afrique du Sud).
France : Poitrenaud, Rougerie, Garbajosa, Traille, Clerc ; (o) Gelez, (m) Yachvilli ; Magne, Harinordoquy, Betsen (Chabal 74e) ; Brouzet, Pelous ; Marconnet (Califano 51e), Ibanez, Crenca.

• À Rome (Flamino), France bat Italie par 53 à 27 (mi-temps 41-10).
France : 7 E Betsen (3e), Traille (12e, 18e), Rougerie (21e, 76e), Michalak (35e), Castaignède (41e), 2 P (8e, 32e), 6 T (3e, 12e, 18e, 21e, 35e, 41e) Yachvilli.
20 000 spectateurs. Arbitre : M. Williams (Galles).
France : Poitrenaud, Rougerie, Castaignède, Traille, Garbajosa (Clerc 78e) ; (o) Michalak (Merceron 78e), (m) Yachvilli (Elissalde 78e) ; Magne, Harinordoquy (Tabacco 69e), Betsen ; Brouzet (Auradou 69e), Pelous (cap) ; Marconnet, Ibanez (Rué 78e), Crenca.

• À Paris (Saint-Denis, 29 mars) : France bat Galles par 33 à 5 (10-5).
France : 3 E Castaignède (28e), Clerc (52e), Michalak (76e), 4 P (36e, 46e, 63e, 72e), 3 T Yachvilli.

78 906 spectateurs. Arbitre M. O'Brien (Nouvelle-Zélande)
France : Poitrenaud, Rougerie (Clerc 20e), Castaignède, Traille, Garbajosa ; (o) Michalak (Marceron 76e), (m) Yachvilli (Elissalde 77e) ; Magne, Harinordoquy (Tabacco 60e), Betsen ; Brouzet (Auradou 60e), Pelous (cap) ; Marconnet (Milloud 68e), Ibanez (Rué 77e), Crenca.

Tournée d'été

• À Buenos Aires (Velez, 14 juin) : Argentine bat France par 10 à 6 (10-0).
France : 2 P (43e) Traille, (51e) Delaigue.
25 000 spectateurs. Arbitre M. Lander (Angleterre).
France : Poitrenaud, Rougerie, Castaignède, Traille, Dominici ; (o) Delaigue, (m) Galthié (cap) ; Bouilhou (Harinordoquy 71e), Labit, Tabéacco ; Thion, Auradou ; De Villiers, Rué, Milloud (Marconnet 71e).

• À Buenos Aires (Velez, 20 juin) : Argentine bat France par 33 à 32 (21-12).
France : 2 E Jauzion (41e), Elhorga (71e), 6 P (7e, 12e) Delaigue, (20e) Traille, (39e, 57e, 80e) Michalak.
30 000 spectateurs. Arbitre M. Cole (Australie).
France : Elhorga, Rougerie, Jauzion, Traille, Clerc ; (o) Delaigue (Michalak 29e), (m) Galthié (cap) ; Chabal, Labit, Harinordoquy ; Thion, Auradou ; De Villiers, Bru (Rué 77e), Marconnet.

• À Christchurch (28 juin) : Nouvelle Zélande bat France par 31 à 23 (19-13).
France : 2 E Marconnet (41e), Jauzion (74e), 2 P (35e) Michalak (84e) Traille, 1 D (9e) Michalak, 2 T.

38 000 spectateurs. Arbitre : M. Watson (Afrique du Sud) France : Poitrenaud, Rougerie, Jauzion, Traille, Clerc (Elhorga 86e) ; (o) Michalak (Merceron 66e), (m) Galthié (cap) ; Tabacco, Vermeulen (Labit 54e), Harinordoquy (Chabal 45e) ; Thion, Nallet (Auradou 57e) ; Mas (De Villiers 14e), Bru, Marconnet.

Remerciements

Je dédie cet ouvrage à la mémoire de ceux qui nous ont quitté : Louis, Roland, Michel, André, Daniel, Pierre, Rachid, Robert et Gilbert. Qu'il soit aussi un gage d'affection à tous ceux qui me sont chers, présents autour de moi.

Table

Au bout de mes rêves

Cet ouvrage a été composé et imprimé par

FIRMIN DIDOT
GROUPE CPI
Mesnil-sur-l'Estrée

pour le compte des Éditions Robert Laffont
24, avenue Marceau, 75008 Paris
en août 2003

Imprimé en France
Dépôt légal : septembre 2003
N° d'édition : 43940/01 – N° d'impression : 64823